Disney Christopher Robin

Universo dos Livros Editora Ltda.
Rua do Bosque, 1589 – Bloco 2 – Conj. 603/606
CEP 01136-001 – Barra Funda – São Paulo/SP
Telefone/Fax: (11) 3392-3336
www.universodoslivros.com.br
e-mail: editor@universodoslivros.com.br
Siga-nos no Twitter: @univdoslivros

Disney
Christopher Robin

UM REENCONTRO INESQUECÍVEL

Adaptado por
Elizabeth Rudnick

São Paulo
2018

Grupo Editorial
UNIVERSO DOS LIVROS

Christopher Robin – The novelization
Copyright © 2018 Disney Enterprises, Inc.
© 2018 by Universo dos Livros

Todos os direitos reservados e protegidos pela Lei 9.610 de 19/02/1998. Nenhuma parte deste livro, sem autorização prévia por escrito da editora, poderá ser reproduzida ou transmitida sejam quais forem os meios empregados: eletrônicos, mecânicos, fotográficos, gravação ou quaisquer outros.

Ursinho Pooh é baseado em "Winnie the Pooh", de A. A. Milne e E. H. Shepard

DIRETOR EDITORIAL **Luis Matos**
EDITORA-CHEFE **Marcia Batista**
ASSISTENTES EDITORIAIS **Letícia Nakamura e Raquel F. Abranches**
TRADUÇÃO **Suria Scapin**
PREPARAÇÃO **Guilherme Summa**
REVISÃO **Juliana Gregolin e Marina Constantino**
ARTE **Aline Maria e Valdinei Gomes**

Dados Internacionais de Catalogação na Publicação (CIP)
Angélica Ilacqua CRB-8/7057

R854c
    Rudnick, Elizabeth
    Christopher Robin: um reencontro inesquecível/adaptado por Elizabeth Rudnick; tradução de Suria Scapin. – São Paulo: Universo dos Livros, 2018.
    272 p.

    ISBN: 978-85-503-0368-0

    Título original: *Christopher Robin: the novelization*
    1. Literatura infantojuvenil I. Título II. Scapin, Suria

18-0998   CDD 028.5

Ao meu querido Jameson Milne, que me lembra todos os dias do poder que a imaginação tem.

NOTA DA AUTORA

Quando criança, passei muitas tardes perdida no Bosque dos Cem Acres, absorta nas aventuras de um velho e ingênuo ursinho chamado Pooh e de seu melhor amigo, Christopher Robin. Aquele bosque era tão real para mim quanto o meu próprio quintal. Eu podia imaginar a casa do Pooh, com seu grande armário cheio de potes de mel, e sentir como se eu mesma batesse na porta do Leitão em diversas ocasiões. Eu adorava o Ió, com seus olhos caídos e sua visão pessimista em relação à vida (embora, na época, eu não tivesse ideia do que significava ser *pessimista*). Eu só achava engraçado que o burro não conseguisse perceber quanto era amado ou como tudo estava muito bem (uma lição da qual me lembro frequentemente agora que cresci). Lembro também que ansiava por um abraço de Can e saltar junto com Guru e Tigrão.

Já Coelho e Corujão, com seus perfis mais sérios e compreensão mais ampla do mundo como um todo, sempre me intimidaram de certa maneira, mas foram os personagens que eu mais encontrei nas figuras adultas da minha vida. O Bosque dos Cem Acres era um lugar maravilhoso para passar o tempo – e gerações de crianças antes e depois de mim também se perderam entre suas árvores e seus muitos animais. Que criança, em algum lugar ou outro, não acreditou, em algum momento, de maneira inocente e sincera, que os bichinhos de pelúcia que mais amava poderiam ganhar vida e ser seus companheiros de aventuras, que poderiam oferecer conforto quando fosse confrontada com os inevitáveis momentos da vida em que sentimos tristeza ou medo?

Pooh era a esperança transformada em realidade – e, mesmo hoje, acredito nele e no que ele representa. Acredito no velho e ingênuo ursinho que conseguia, de um jeito simples, sempre descobrir como colocar as coisas de volta no lugar. Como o próprio Pooh sabiamente dizia: "A vida é uma experiência a ser vivida, e não um problema a ser resolvido". Aproveite essa aventura!

E. Rudnick

*"Você não pode ficar no seu canto da floresta
esperando que os outros venham até você.
Às vezes, você precisa ir até eles."*

— A. A. Milne

PRÓLOGO

QUANDO CHRISTOPHER ROBIN E POOH CHEGAM A UM LOCAL ENCANTADO E OS DEIXAMOS LÁ

Era, como costumava ser, um belo dia no Bosque dos Cem Acres. O céu estava azul, sem nenhuma nuvem. O ar era doce, com um leve toque de mel que vinha do pote de um conhecido ursinho, e uma brisa suave beijava a face dos amigos que haviam se reunido em torno da mesa de piquenique. Mas apesar de o cenário ser idílico e sugerir pensamentos alegres, a expressão no rosto daqueles amigos era… bem… triste.

Olhando para a mesa, o Ursinho Pooh tentava ignorar os grunhidos que vinham de sua barriga. Ele não tinha certeza, mas sentia que aquele não era o momento para mencionar que estava com fome, apesar de *estarem* em volta de uma mesa de piquenique – que, de acordo com sua experiência, era um lugar onde as pessoas faziam piqueniques. E piqueniques *costumam* ter comida. Sua barriga roncou mais uma vez.

– Todos sabemos por que estamos aqui.

A voz séria de Coelho interrompeu brevemente seus pensamentos sobre comida. Pooh olhou para cima e observou seu amigo dirigindo-se à cabeceira da mesa.

– Pedi ao meu amigo Ió... – Coelho fez uma pausa e apontou para o burro cinza com a cabeça. Ió, como de costume, estava cabisbaixo. – Eu pedi a ele que propusesse uma rissolução.

Pooh ergueu a cabeça. *Rissolução?* Ele não gostava quando Coelho usava essas palavras grandes. Pooh abriu a boca para perguntar o que era uma rissolução, mas antes que pudesse falar Ió foi se arrastando até chegar ao lado de Coelho. Ele colocou um pedaço de papel sobre a mesa e começou a abri-lo – demorando muito tempo. Por fim, Ió limpou a garganta e começou a ler:

– Christopher Robin está partindo – ele revelou, com sua voz lenta, profunda e, como sempre, desprovida de alegria. – Ao menos acho que ele está partindo. Para onde? Ninguém sabe. Mas ele está indo. – Ió fez uma pausa e franziu suas grossas sobrancelhas enquanto olhava para as palavras no pedaço de papel. – Quero dizer que ele vai embora. – Então, ele se corrigiu e prosseguiu: – E nós nos importamos? Sim, nós nos importamos. Muito. De qualquer maneira, oferecemos-lhe nosso amor. Fim.

PRÓLOGO

O burro mal-humorado parou de falar e levantou lentamente os olhos do papel. Os outros animais estavam em silêncio. Pooh olhava para além dele, para a grande faixa que tinham pendurado acima da mesa de piquenique. As palavras TXAU CHRISTOPHER ROBEM estavam escritas nela – não exatamente corretas – em uma mistura de cores. Ió soltou um suspiro longo e lento.

– Se alguém quiser bater palmas – ele disse finalmente, com pouco entusiasmo em sua voz –, agora é a hora.

Como se tivesse pegado a deixa, Christopher Robin apareceu na clareira.

– É um belo poema, Ió – ele elogiou com uma voz gentil.

O garoto de sete anos tinha ficado escondido até Ió terminar. Então, ele afastou a franja ruiva, que tinha crescido muito durante os meses de verão, e olhou para todos os seus amigos. Christopher sentiu um nó na garganta. Ele amava aquele conjunto de estranhos animais mais do que qualquer coisa no mundo. Ele amava o doce e inocente Leitão, com sua voz estridente e com seu medo de... bem, de tudo. E também Can e seu pequeno Guru, e Tigrão, que, mesmo durante aquela situação tão densa, não parava de se mexer. Corujão e Coelho permaneceram sérios o tempo todo, enquanto Ió conseguia fazer seu poema de despedida parecer ainda mais triste do que deveria.

E, logicamente, havia seu melhor amigo, o Ursinho Pooh. Ele sentiria tanta falta de todos eles. Haviam passado tantos longos dias juntos, brincando no bosque atrás da casa de sua família. Sem eles por perto, o verão teria sido dolorosamente lento – e dolorosamente solitário. Sua mãe e seu pai não eram exatamente companheiros *divertidos* para as brincadeiras.

Sabendo que todos o olhavam atentamente, ansiosos para saber se ele tinha gostado da faixa e do poema, Christopher se esforçou para sorrir. Mas ele sabia que todos podiam ver que ele estava triste. Especialmente Pooh.

– É muito triste que tenha acabado – o ursinho disse, puxando sua camiseta vermelha para cobrir a barriga. – Eu queria que durasse um pouco mais de tempo.

Concordando com a cabeça, Christopher Robin aproximou-se da mesa de piquenique. Sua camiseta e seu shorts, que eram do tamanho certo no início do verão, já estavam pequenos nele – e ele se viu puxando a blusa para baixo do mesmo jeito que Pooh fazia. (No entanto, Christopher sabia que o motivo pelo qual a camiseta de Pooh estava pequena não tinha muito a ver com o *cresci-*

PRÓLOGO

mento e sim com a abundante quantidade de mel que ele comia.)

Ao subir na mesa de piquenique para ficar quase da altura de Christopher Robin, Leitão se aproximou do garoto. Mesmo naquele momento, depois de incontáveis horas de diversão e aventuras juntos, o pequeno porquinho parecia nervoso. Christopher Robin tentou não sorrir quando Leitão, cuja expressão era muito dura e séria para uma criatura tão pequenina, entregou-lhe uma pequena sacola.

– Eu… eu preparei essa bolsa com bolotas dos Cem Acres para você – ele gaguejou. – Esses são os meus… lanchinhos preferidos. Aonde quer que você vá, isso vai fazer você se lembrar do Bosque dos Cem Acres.

Christopher Robin aceitou o presente com alegria.

– Obrigado, Leitão – ele agradeceu.

A pequena criatura assentiu, mas não conseguiu tirar os olhos da sacola de bolotas.

– Você quer um pouco? – Christopher perguntou, reconhecendo o olhar faminto de Leitão.

Em sua defesa, o porquinho negou com a cabeça. Mas seus olhos permaneceram fixos na sacola.

– Bem, eu não acho que vá precisar de nenhuma ajuda para me lembrar daqui. Mas vou guardar seu presente com muito amor para sempre – Christopher disse, por fim, agradecendo sinceramente mais uma vez ao amigo Leitão.

O garoto estava tentando desesperadamente ficar feliz, mas ver a tristeza de seus amigos e as dificuldades que tinham enfrentado para lhe oferecer um piquenique de despedida só o deixava ainda mais triste do que estava quando acordou naquela manhã.

Os minutos até ele entrar no bosque, naquele dia, tinham sido horrorosos. Sua mãe insistiu que ele fizesse as malas antes de poder sair para brincar. Depois ela pediu para ele limpar o quarto, separando seus brinquedos de "criança", já que não precisaria mais deles agora que era um garoto crescido, que iria para um colégio interno apenas para garotos crescidos. Apesar de ter muitos bons argumentos em sua cabeça para uma longa e bem embasada discussão sobre a importância de manter as coisas como lembranças, sua mãe não mudaria de ideia. Então, isso significou mais tempo dentro de casa, separando e guardando as coisas. Ele não tinha conseguido desfrutar de seu último almoço, embora fosse seu prato favorito – um sanduíche de manteiga de amendoim com banana e mel – porque seu pai chegou com

PRÓLOGO

o carro enquanto ele comia e começou a arrumar toda a bagagem. Houve um breve momento em que Christopher teve certeza de que partiriam antes que ele pudesse ir até a floresta. Mas, felizmente, seu pai se distraiu e foi consertar um cano quebrado. Christopher aproveitou a chance para escapar.

Ao chegar ao bosque, ele esperava conseguir afastar a tristeza que sentia; mas, em vez disso, ele se viu tendo que dizer adeus e sentiu ainda mais vontade de chorar.

De repente, o ar de seus pulmões foi expulso quando Tigrão o envolveu com seus braços e apertou o rosto contra o corpo do garoto.

– Eu vou sentir saudade, ah, se vou! – ele assegurou, balançando a cauda para cima e para baixo, enquanto o abraçava com força.

Christopher não conseguiu se conter e soltou uma gargalhada. Tigrão sempre o fazia rir. E ele havia dado ao garoto a distração de que ele tanto precisava.

– Eu também vou sentir saudade, Tigrão – Christopher disse. Então, virou-se para os demais, determinado a fazer o restante daquele piquenique valer a pena. – Vamos, pessoal! Ainda temos pudim!

* * *

O restante da tarde passou voando entre muito pudim, brincadeiras e mais comida. Quando o sol começou a se pôr e o bosque foi escurecendo, os amigos de Christopher Robin foram adormecendo até sobrarem apenas Christopher e Pooh acordados. Os outros estavam adormecidos na própria mesa ou em volta dela. Mesmo dormindo, os pés e a cauda de Tigrão se mexiam o tempo todo. Pooh estava com a cara afundada em um pote de mel. À sua volta, já sem nada dentro, havia outros oito potes. A maioria estava sem tampa e, além de não terem mel dentro, mesmo por fora estavam lambidos, completamente limpos. Para Pooh, uma festa só era boa se tivesse mel – muito, mas muito mel mesmo! E ele nunca deixava uma gota daquela delícia dos deuses ser desperdiçada.

– Vamos, Pooh!

A voz de Christopher chamou a atenção do ursinho, que ergueu a cara do pote de mel. Christopher Robin estava de pé, na extremidade da clareira. Pooh se levantou e foi caminhando para perto do seu amigo – ou melhor, foi cambaleando, o mais rápido que pôde.

– Aonde estamos indo, Christopher Robin? – ele perguntou.

Sob a luz do sol poente, o cabelo ruivo do garoto parecia ainda mais vermelho do que de costume, e por conta da animação do dia, suas bochechas estavam coradas e suas sardas ainda mais marcadas. Sua camiseta amarela, que estava limpa quando ele chegou ao bosque, estava toda suja de pudim, grama e outros restos divertidos da festa. Até mesmo a gola da camiseta, que estava toda arrumadinha no início da manhã, agora estava desalinhada. Apesar do longo dia, os olhos castanhos de Christopher brilhavam muito.

– A lugar nenhum – ele finalmente respondeu ao Ursinho Pooh.

– Esse é um dos meus lugares favoritos – Pooh respondeu, contente.

Erguendo a pata, o ursinho esperou que Christopher Robin lhe desse a mão. Os amigos então se viraram e entraram no bosque.

Eles caminharam em silêncio por um momento, felizes apenas por estarem na companhia um do outro. Depois, começaram a recontar muitas das aventuras que haviam vivido ao passar por locais que despertavam tais lembranças. Eles viram a árvore onde Pooh tinha tentado enganar algumas abelhas, fingindo que era uma nuvem de chuva, mas acabou caindo – junto com Christopher Robin – em uma poça de lama. Passaram pela casa de Coelho, onde Pooh tinha ficado preso, e depois se depararam com a antiga casa de Corujão, que havia sido destruída por uma tempestade. Por fim, chegaram a um grande campo escondido no meio do Bosque dos Cem Acres. O sol estava se pondo no horizonte e sua luz deixava a grama verde levemente dourada.

Quando os dois amigos cruzaram o campo e passaram pela Ponte de Gravetos do Pooh, Christopher Robin olhou para o ursinho e lhe perguntou:

– Qual é a coisa que você mais gosta de fazer no mundo, Pooh?

– Bem, o que eu mais gosto... – Ele parou por um momento, batendo no queixo com um dedo. O ursinho franziu as sobrancelhas e fez um ruído, indicando que estava pensando. Ao chegar a uma resposta, ele começou: – Bem, o que eu mais gosto é quando o Leitão e eu vamos visitar você e você pergunta "Que tal um pouco de Alguma Coisa?". E eu respondo "Bem, eu não me incomodaria com um pouco de Alguma Coisa". E, então, temos um divertido dia ao ar livre. – Pooh ergueu a cabeça, orgulhoso de sua resposta.

Christopher Robin assentiu, mas não disse nada até chegarem na Ponte de Gravetos do Pooh. Observando a água de cima da ponte, o garoto viu seu reflexo. Ele certamente não *parecia* mais velho do que no início do verão. No entanto, sua mãe vivia dizendo que ele já era um garoto crescido e que tinha que agir como tal. Christopher não tinha certeza do que isso queria dizer. Mas ele não gostava muito da ideia.

– O que eu mais gosto de fazer é Nada – ele disse, por fim.

Pooh ergueu a cabeça, confuso, e perguntou:

– E como é que se faz Nada?

– É quando as pessoas perguntam "O que você vai fazer, Christopher Robin?". E você responde "Ah, Nada"; então, você vai e faz – ele respondeu, como se fosse a resposta mais óbvia de todo o mundo.

Pooh arregalou os olhos ao entender o que seu amigo queria dizer.

– Sim! – ele exclamou. – Fazer Nada costuma ser o que leva a gente a fazer as melhores Alguma Coisa.

Felizes por terem entendido o que cada um mais gostava de fazer, os dois seguiram em frente. Sem ter planejado, Christopher percebeu que estava fazendo um passeio de despedida pelos seus locais favoritos do Bosque dos Cem Acres. O campo, a Ponte de Gravetos do Pooh, as árvores – todos guardavam preciosas lembranças das muitas aventuras que ele tinha vivido com seu melhor amigo. Mas nenhum daqueles locais era tão especial quanto o Lugar Encantado, onde chegaram juntamente com os últimos raios de sol se ocultando no horizonte.

Diante deles, estendia-se um vale e a parte mais baixa já estava escura com o cair da noite. Olhando para aquele cenário, Christopher sentiu como se seu estômago tivesse caído no fundo daquele vale. Ele podia andar quanto quisesse, mas não havia como fugir do que estava por vir. O garoto soltou um suspiro, mais triste e mais longo do que o mais solitário e melancólico suspiro de Ió.

– Pooh? – Christopher disse, virando-se para seu amigo. – Eu não vou mais fazer Nada.

Aquelas palavras atingiram Pooh como um tapa na cara.

– Nunca mais? – o ursinho perguntou, sem acreditar.

Christopher Robin balançou a cabeça:

– Bem, eles não deixam você fazer Nada no colégio interno. Eles… – Enquanto falava, Christopher se sentou e soltou um grito.

– As bolotas machucaram você? – Pooh perguntou, imaginando que o grito de Christopher fosse por ter se sentado sobre uma bolota.

Christopher Robin colocou a mão no bolso de trás de seu shorts e pegou a bolsa de bolotas que Leitão havia lhe dado.

– Só quando você se senta sobre elas – ele respondeu, com um sorriso irônico.

PRÓLOGO

– Vou precisar me lembrar disso – comentou Pooh, balançando a cabeça diante da sabedoria de Christopher.

Ao olhar para o amigo, Pooh viu que seu rosto estava triste. Ele se perguntou se aquilo teria alguma coisa a ver com o tal colégio *eterno*. Christopher já tinha falado da *escola*, mas parecia um lugar legal de se estar, onde alguém lia histórias e você brincava com brinquedos novos e ficava com seus amigos. Mas o colégio *eterno* não parecia ser legal. Pela voz de Christopher, parecia ser um lugar *bem pouco* legal. Pooh não gostava de imaginar seu amigo em um lugar que não fosse divertido ou legal.

Então, Christopher soltou um suspiro grande demais para seu corpo tão pequeno.

– Pooh – ele disse, suavemente, com o olhar fixo no campo à sua frente. – Quando eu não estiver fazendo Nada, você vai vir aqui de vez em quando?

Pooh ergueu a cabeça e perguntou:

– Só eu? Onde você vai estar?

– Vou estar bem aqui – Christopher respondeu, levantando a mão e dando um suave tapinha com os dedos na lateral da cabeça de Pooh, seu "Lugar de Pensamentos".

Aquilo pareceu fazer sentido para Pooh, e ele concordou. Christopher sempre estava em seu Lugar de Pensamentos. Era ali que os melhores amigos deveriam ficar.

– Mas e se você se esquecer de mim? – Pooh perguntou, sofrendo com o pensamento. O ursinho se sentiu mal, como quando descobria que estava sem mel. Ou como quando comia muito mel de uma vez só.

Christopher colocou o braço em torno do ombro de Pooh:

– Eu nunca vou me esquecer de você, Pooh – ele garantiu, gentilmente. – Eu prometo. Nem quando eu tiver cem anos.

Pooh se concentrou, tentando calcular quantos anos teria quando Christopher Robin tivesse essa idade. Ele foi franzindo o cenho cada vez mais, até que, finalmente, percebendo que não conseguia descobrir sozinho, resolveu perguntar.

– Noventa e nove – Christopher respondeu, sorrindo.

Lentamente, o garoto se levantou. Ao seu lado, Pooh fez o mesmo. O sol já havia se posto há bastante tempo e, por mais que ele tivesse se esforçado ao máximo para evitar o fato, não podia adiar mais o inevitável. Havia chegado o momento de deixar o Bosque dos Cem Acres. Seus pais tinham sido muito claros, era hora de crescer. Mas, ao olhar para o lugar que lhe deu aventuras e amigos, Christopher não podia parar de se perguntar por que crescer precisava significar dar adeus às coisas que ele mais amava...

PRÓLOGO

* * *

Christopher puxou o colarinho branco e engomado que apertava seu pescoço. Parecia que o estava sufocando. Na verdade, tudo no uniforme daquela nova escola o sufocava. Todo o horrível conjunto, com a calça passada e a jaqueta rígida, com aqueles enormes botões redondos, estava esperando por ele sobre a cama quando ele chegara em casa na noite anterior à sua última visita ao Bosque dos Cem Acres, junto com as orientações para experimentá-lo e ver se o tamanho estava correto. Uma mala vazia estava ao lado do uniforme com mais orientações. Dizia apenas: FAÇA AS MALAS.

Apesar de desejar que o fato de ter ficado no bosque até o anoitecer fosse evitar que ele tivesse de terminar de fazer as malas, isso não aconteceu. Christopher chegou em casa a tempo de um jantar corrido e logo lhe mandaram para a cama com o aviso de que partiriam cedo no dia seguinte – e que seu quarto deveria estar vazio, e as malas, prontas. Ao chegar em seu quarto, ele não teve vontade nem energia para fazer as malas; em vez disso, caiu na cama e afundou a cabeça no travesseiro. Já deitado, ele viu uma estrela cadente pela janela e fez um pedido desesperado: que o novo dia fizesse seus pais mudarem de ideia.

Mas, infelizmente, não funcionou. Em vez de despertar esperando ouvir que ele não iria mais para o colégio interno, ele foi acordado pelos gritos enlouquecidos de sua mãe para que se apressasse. Ele podia ouvir seus pais indo de um lado para o outro da casa, no andar de baixo, verificando se tinham pegado tudo o que precisavam. Não estava claro quando voltariam. O trabalho do senhor Robin exigia cada vez mais dele, e com Christopher no colégio interno, a casa poderia muito bem ficar vazia até o próximo verão – se Christopher tivesse sorte.

– Christopher! Filho! Vamos!

Os ombros de Christopher se tensionaram ao ouvir a voz do pai. Era raro que ele falasse diretamente com o garoto; na maioria das vezes, quem fazia isso era a senhora Robin. Mas desde que o haviam informado de que ele iria para o colégio interno, Christopher tinha notado uma mudança na maneira como seu pai o tratava. Era como se ele não mais visse o filho como um bebê (e os bebês eram de responsabilidade das mulheres, na opinião do senhor Robin), mas, sim, como um adulto. Ele até mesmo, uma vez, tentou conversar com Christopher, contando ao filho sobre coisas que aconteciam em seu trabalho ou no percurso de trem para aquela visita ao campo. Uma parte de Christopher achou bom receber um pouco de atenção de seu pai.

PRÓLOGO

Mas havia uma outra parte dele que achava aquilo estranho e desconfortável. Para ser completamente honesto, ele tinha crescido sendo de certa forma ignorado por seu pai – especialmente quando estavam na casa de campo. Isso era parte do motivo pelo qual ele fora para o Bosque dos Cem Acres. A casa sempre pareceu um confinamento quando seu pai estava lá, durante os fins de semana, e ele procurou um lugar para onde fugir, onde pudesse fazer barulho e se divertir sem medo de irritar seu pai.

– Christopher! – A voz de seu pai o chamou novamente, menos gentil, dessa vez.

Pegando a mala de cima da cama, Christopher deu uma última olhada para o seu quarto. Ele se despediu silenciosamente dos brinquedos que ficaram nas prateleiras da velha estante de livros e das fotos na parede. O garoto olhou para a coleção de bichinhos de pelúcia na cadeira que estava no canto, seus olhos fixos no ursinho de camiseta vermelha. Então, saiu do quarto e fechou a porta atrás de si.

No andar de baixo, a porta da rua estava aberta, e dava para ver um carro parado na entrada. Seu pai e sua mãe estavam em pé, ao lado do veículo. Apesar de estarem a poucos centímetros um do outro, pareciam estar separados por quilômetros. Cada um olhava para um lado: o senhor

Robin tinha os olhos grudados no jornal em suas mãos; a senhora Robin olhava para cima, para as fofas nuvens brancas que passeavam pelo céu. Mas ao ouvir os passos do filho, ambos viraram o olhar para ele.

– Você pegou tudo? – perguntou a senhora Robin, enquanto seu marido apanhava a mala da mão de Christopher e a colocava no bagageiro.

Christopher se encolheu.

– Então estamos partindo – disse o senhor Robin, sentando-se no banco de trás e gesticulando para que sua família fizesse o mesmo. Ao ver a expressão triste no rosto de Christopher, ele passou a mão na cabeça do menino. – Não se preocupe, filho – ele tentou confortá-lo, mas as palavras de incentivo soavam um pouco estranhas vindo daquele homem de expressão sisuda. – O colégio interno será uma grande aventura. Eu prometo.

O carro deu a partida, saindo pela rua, e Christopher não ousou falar uma palavra. Grande aventura? O colégio interno não ia ser nenhuma grande aventura. As grandes aventuras aconteciam correndo pelo Bosque dos Cem Acres. Grandes aventuras ele tinha fazendo armadilhas para Efalantes. Grandes aventuras ele vivia escalando árvores em busca de mel. Mas, à medida que a casa de campo ia desaparecendo de sua vista, Christopher entendeu que não adiantava tentar dizer nada disso para seu pai. Ele estava indo para o colégio interno, e estava deixando para trás seus amigos e suas aventuras. Provavelmente para sempre.

* * *

Christopher olhava para a folha em branco que estava na sua frente. Ele deveria preenchê-la com números e fazer contas. Mas, em vez disso, se viu fazendo desenhos de Pooh.

Ele estava no colégio interno há exatos vinte e um dias, quatro horas e – ele se arriscou a ser pego olhando para o grande relógio acima da lousa – quatro minutos. Cada um desses dias, horas e minutos tinha sido insuportável. Todos os dias, os alunos eram despertados às sete horas da manhã em ponto e, às sete e meia, no grande refeitório, esperavam pelo que, geralmente, era um mingau de aveia sem gosto e uma xícara de chá. Os professores ficavam em um tablado mais alto do que os alunos, e seus pratos sempre estavam cheios de coisas que pareciam deliciosas: waffles, bacon, chantilly e frutas frescas. Esse ritual diário apenas servia para fazer sua comida parecer ainda mais sem graça.

Então começavam as aulas, que duravam até a tarde. Aulas longas e chatas, ministradas em salas sem vida. Grandes janelas ofereciam um vislumbre dos jardins perfeitamente aparados que rodeavam a escola, mas Christopher apenas podia desfrutar deles durante o intervalo. Em contraste com as aulas que pareciam não ter fim, o intervalo era curto e apenas dava para dar uma volta em um dos grandes jardins antes de todos os garotos serem mandados novamente para dentro.

A promessa de seu pai de que a escola seria uma aventura estava se provando, como Christopher já suspeitava, estar totalmente errada. Quando chegaram ali pela primeira vez e ele viu vários garotos como ele, Christopher teve um lampejo de esperança de que seu pai poderia estar certo. Os garotos todos tinham mais ou menos a sua idade, a maioria com a mesma expressão confusa que ele sabia também estar em seu rosto. Mas sua esperança durou pouco. Ao entrar no quarto que ele dividiria com outros dois colegas, Christopher logo descobriu que os estudantes do renomado colégio interno eram sem graça e desanimados, como a própria escola. Quando ele pegou alguns de seus livros infantis e colocou na prateleira acima de sua cama, seus colegas de quarto começaram a provocá-lo, chamando-o de "bebê" e perguntando se ele "precisava de um abraço da mamãe". Os livros foram rapidamente retirados da prateleira e escondidos embaixo da cama, junto com alguns bichinhos de pelúcia que ele havia levado.

Desde então, as provocações apenas pioraram. Enquanto Christopher tinha passado a maior parte de seus primeiros sete anos de vida na casa de campo da família, com governantas gentis, os garotos que ele agora chamava de colegas de classe tinham crescido sendo preparados para entrar naquela escola. Eles eram maus e cruéis e, em seus momentos de mais raiva, Christopher pensava que eles nunca seriam convidados para conhecer o Bosque dos Cem Acres.

Ele se esforçou ao máximo para permanecer positivo e ver o lado bom, assim como Pooh teria feito. Mas, a cada dia que passava, tudo ficava cada vez mais difícil. Ele apenas queria voltar e ver seus amigos, contar para eles como era horrível ficar preso atrás dos grandes portões de ferro forjado da escola. Mas ele não podia. Em vez disso, Christopher aprendeu a manter a cara nos livros, tentando esquecer o Bosque dos Cem Acres, sem prestar muita atenção em si mesmo. Fazendo isso, ele se deu conta, conseguia passar quase despercebido.

Infelizmente, não era sempre que funcionava.

Às vezes, ele apenas precisava ver Pooh de novo. Então, de vez em quando, ele desenhava.

– Estou atrapalhando, senhor Robin?

A voz da professora, perigosamente próxima, assustou Christopher e ele levantou os olhos da folha de papel à sua frente. Engoliu em seco. A professora estava parada ao seu lado, com uma expressão dura em seu rosto. Na mão, trazia uma grande régua. Ela começou a batê-la contra sua outra mão, fazendo um alto som na sala que estava em silêncio. Então, com uma pancada, ela bateu a régua contra o papel, bem em cima da maior imagem de Pooh. O ursinho estava apoiado em uma árvore, com a mão em um pote de mel e uma expressão concentrada em seu delicado rosto.

– Sugiro que abra seu livro, senhor Robin, e acompanhe a aula – advertiu a professora, abrindo o livro por ele.

O movimento repentino fez o desenho cair no chão. A professora apontou para um dos problemas de matemática, ergueu a sobrancelha, deu meia-volta e voltou para a frente da sala, retomando a aula.

Quando ela se afastou, Christopher tentou se abaixar para resgatar o desenho. Mas antes de poder tocar seus dedos na folha de papel, o aluno ao seu lado a alcançou.

– Belo urso, bebê! – ele zombou ao olhar para o desenho, a uma altura que apenas Christopher podia ouvir, e então, com um olhar de puro e maligno prazer, amassou o papel.

PRÓLOGO

Christopher virou o rosto na esperança de que o garoto ao seu lado não visse as lágrimas que ameaçavam rolar por seu rosto. Ele sabia que era apenas um desenho, mas era um desenho de Pooh. Olhando pela janela, ele pensou o que o ingênuo ursinho pensaria daquilo tudo. Pooh nunca tinha conhecido ninguém de quem não gostasse – bem, talvez de um Efalante, embora ele nunca tivesse realmente encontrado ou visto um. Christopher sorriu. O ursinho provavelmente acabaria gostando do Efalante. Ele era assim. Mas mesmo Pooh não gostaria dos garotos com quem Christopher agora tinha que conviver.

Não foi a primeira vez que Christopher desejou simplesmente poder encontrar seus amigos e abandonar aquele lugar para sempre. Mas enquanto a professora seguia explicando a lição de matemática, Christopher percebeu que esse era um desejo inútil. Ele não queria admitir, mas desde que chegara ele sabia que aquela parte da sua vida havia acabado. Agora ele era um "jovenzinho", como seu pai havia dito ao deixá-lo ali. Sua obrigação era aprender para, um dia, conseguir um emprego e sustentar sua própria família.

As aventuras no bosque e a diversão com seus amigos eram parte da infância. Se ele queria poder, um dia, ir embora daquela escola, precisaria deixar os pensamentos sobre

Pooh e o Bosque dos Cem Acres debaixo de sua cama, junto com os outros brinquedos.

Eu preciso crescer, Christopher pensou ao pegar papel e lápis e começar a copiar os problemas de matemática que estavam na lousa. Enquanto copiava, não podia evitar olhar de canto de olho para o desenho de Pooh, que agora estava sob os pés de seu cruel colega de classe. Os traços a lápis já começavam a sumir, cobertos pelas marcas deixadas pelo sapato do garoto. No fim da aula, o desenho e a esperança de Christopher de voltar ao Bosque dos Cem Acres tinham desaparecido completamente.

"*Prometa-me que você nunca me esquecerá, pois se eu achar que vai me esquecer, nunca partirei.*"

– A. A. Milne

UM

VINTE E POUCOS ANOS DEPOIS

Londres era uma cidade muito movimentada. Homens e mulheres caminhavam pelas ruas cheias de lojas. Enormes edifícios eram construídos, bloco a bloco, para abrigar a crescente população. Fábricas às margens da cidade soltavam fumaça no ar, deixando o céu azul nublado e impedindo que os raios do sol chegassem ao solo frio e úmido. Pelas ruas, carros disputavam espaço nas estreitas faixas que não comportavam os enormes veículos que agora circulavam pela cidade. Um jovem rapaz estava parado em uma esquina, segurando um jornal e gritando as manchetes do dia para que todos pudessem ouvir.

Passando apressado, Christopher nem reparou no garoto ou no barulho das centenas de pessoas à sua volta. Seus olhos estavam grudados no jornal que trazia em uma mão.

Na outra, ele levava uma maleta, que balançava de um lado para o outro de um jeito feliz que contrastava com a séria expressão de seu rosto.

Christopher, que já não era mais um garoto, parecia cansado. O casaco marrom-escuro sobre seu terno de *tweed* marcava sua figura miúda e em seu rosto se notavam olheiras. O cabelo ruivo, que antes era espesso e vivia caindo sobre os olhos, agora era curto e apresentava alguns fios grisalhos. Seguindo seu caminho pela calçada, Christopher parecia perdido em seu triste e solitário mundo. Um longo guarda-chuva preto estava enfiado embaixo da alça da maleta que carregava e ele usava chapéu, preparado para a chuva apesar do céu sem nuvens. Acima de tudo, Christopher Robin gostava de estar preparado para qualquer coisa.

Ao chegar ao seu destino, ele parou apenas tempo suficiente para olhar para o grande prédio. A fachada do escritório central da Malas Winslow era impressionante, mesmo para alguém tão sério como Christopher agora era. Gigantescas colunas decoravam a fachada. Acima delas, encontrava-se o logo da empresa, que era esculpido em mármore. Uma porta giratória acima dos degraus da escada, que permitia a entrada no edifício, parecia em

UM

constante movimento com as pessoas que chegavam e saíam da Winslow.

Ele olhou rapidamente para o relógio, assegurando-se de estar na hora, e subiu as escadas, passando pela porta na sequência. Do lado de dentro, a estrutura era tão monumental quanto do lado de fora. Mas, dessa vez, Christopher não reparou em nada. Em vez disso, ele viu que sua secretária estava esperando o elevador e aproximou-se dela apressadamente.

— Bom dia, senhor Robin — disse Katherine, segurando seu caderno a postos para tomar notas.

— Bom dia, senhorita Dane — Christopher respondeu, cumprimentando-a e passando por ela para entrar no elevador, que acabara de se abrir.

— O senhor teve...

Sua secretária não teve chance de concluir a frase pois Christopher a interrompeu, ignorando sua tentativa de interação:

— Quero que reconsiderem os acessórios em metal nos guarda-roupas de castanheira. Tentemos acessórios em níquel...

— ...uma boa noite? — Katherine concluiu sua pergunta mesmo assim.

Ela trabalhava com Christopher há tempo o suficiente para saber que conversar sobre amenidades era uma empreitada inútil, mas continuava tentando. De vez em quando, ela conseguia encontrar um lampejo de brilho em seu olhar que a fazia ter esperanças de que ele fosse capaz de se divertir. O brilho se apagava quase que imediatamente, mas enquanto continuasse trabalhando com ele, continuaria fingindo que ele era capaz de sorrir.

Naquele dia, entretanto, ele parecia ainda mais tenso do que o usual. Com um sinal, o elevador chegou ao andar de destino e Christopher cruzou as portas antes mesmo de terminarem de se abrir completamente, Katherine o seguiu de perto. Ele percorreu o corredor, ignorando os funcionários que eram forçados a sair de seu caminho ou aqueles que se encolhiam diante de sua aproximação.

— Por que estamos atrasados em Glasgow? – ele perguntou, ainda andando.

— Problemas com o sindicato – respondeu Katherine. Christopher não era o único que gostava de estar preparado.

Ele assentiu.

— E em Manchester?

Mais uma vez, ela tinha a resposta:

— Esperando por material, senhor.

Se ela não o conhecesse bem, teria acreditado que ele nem mesmo havia escutado suas respostas, que apenas estava lhe testando. Então, Christopher fechou a cara:

– E qual é a desculpa de Birmingham?

Katherine não conseguiu se conter. Ele parecia tão infeliz. Então, ela o provocou:

– Foram atacados por aranhas gigantes. – E, baixando a voz, acrescentou: – Eu acho que é coisa dos soviéticos.

Isso, finalmente, fez com que Christopher levantasse os olhos dos papéis que tinha na mão. Mas em vez de abrir um discreto sorriso, como a resposta merecia, ele balançou a cabeça e disse:

– Senhorita Dane, eu não tenho tempo para brincadeiras.

Com o tom de repreensão ainda no ar, ele continuou pelo corredor. Christopher não entendia por que Katherine sempre tentava fazer piadas quando estavam no trabalho. Assim como não entendia sua capacidade de usar tópicos sérios, como um ataque soviético, como tema para suas brincadeiras.

Eles tinham ganhado a guerra, mas estiveram muito perto de uma derrota. Ele sabia. Tinha estado lá, nas linhas de combate, enfrentando o inimigo. Não dava para se fazer piadas com esse assunto. Christopher tinha visto a morte de muitos homens, homens a quem chamava de amigos. E ele sabia que não estava sozinho. As ruas de Londres, por mais que já estivessem novamente cheias de movimento e de acontecimentos, não eram mais tão cheias como anos antes. Ninguém havia saído ileso da guerra. Ainda assim, Katherine fazia piadas em relação à próxima ameaça com a qual podiam se deparar. Esperando por um pouco de empatia, ele já havia mencionado à sua mulher, Evelyn, sobre essa abordagem, digamos, *casual* de Katherine em relação a assuntos sérios. Para sua surpresa, ela sugeriu que Katherine poderia estar certa de não deixar a guerra – por mais devastadora que tivesse sido – vencer:

– Isso já nos desgastou tanto – disse Evelyn. – Por que deixar que acabe também com nosso humor?

Christopher ficou tão chocado com a resposta que foi como se sua mulher tivesse falado em grego antigo.

Balançando a cabeça, Christopher estava a ponto de lembrar a senhorita Dane, uma vez mais, de que estavam no trabalho, de que ali não era o ambiente adequado para brincadeiras, quando Hal Gallsworthy saiu de seu escritório, unindo-se a eles.

– É apenas Birmingham, senhor – observou Hal, ajeitando seus óculos redondos sobre o nariz. – Eles sempre estão atrasados.

UM

Christopher admirava Hal. O homem era direto, às vezes até demais, mas também conseguia se manter indiferente de vez em quando.

– Não preciso lembrá-los de que estamos sob uma intensa pressão para reduzir custos – disse Christopher ao chegarem ao final do corredor.

Diante deles, uma grande porta dupla. Acima das guarnições de madeira, uma placa dizendo: SETOR DE EFICIÊNCIA. Rápida e, devemos dizer, *eficientemente*, Christopher abriu as portas e entrou em seu departamento.

Uma vez mais, Christopher se permitiu parar por um brevíssimo momento e apreciar o departamento. Como o nome sugeria, aquele era um polo de eficiência. Não havia uma folha sobressalente de papel, nada que fosse desnecessário, nem mesmo uma mesa ou uma cadeira para um possível visitante. O número exato de mesas para os funcionários do departamento – vinte, no total – contornava as laterais do amplo salão, dez de cada lado. Atrás delas, estavam homens e mulheres com roupas impecáveis, sempre ocupados. Não havia tempo para ócio naquele departamento. Christopher Robin havia eliminado isso.

– Senhor Robin!

Ao escutar seu nome, Christopher desviou imediatamente a atenção. Ao olhar para a frente, viu sua equipe sênior de gerenciamento reunida no meio do salão. Em comparação com as mesas perfeitamente ordenadas, aquela aglomeração parecia caótica para Christopher, que não pôde evitar franzir o cenho ao se aproximar.

A equipe estava olhando para o que uma vez tinha sido uma mala Wilson top de linha. Só que, naquele momento, parecia que tinha sido atacada por um urso ou algo pior. Ela estava desmontada, peça por peça, formando uma pilha de couro, linha, tecidos rasgados e fivelas. Ao se aproximar, Christopher ouviu que a equipe falava a respeito da mala desconstruída. A princípio, ele não falou nada, apenas deixou que a conversa prosseguisse. Sua equipe já trabalhava junto há algum tempo e era muito unida, atuando melhor em conjunto, jogando ideias de um lado para o outro, como em uma partida de pingue-pongue.

– Se substituirmos a segunda camada interna por madeira de faia – dizia Matthew Leadbetter, com seu jeito sempre pragmático –, podemos aumentar a margem em quatro por cento...

Ele foi interrompido por Joan MacMillan. Única mulher no grupo, ela não gostava de ser pressionada, mas era uma das mentes mais brilhantes que Christopher já havia conhecido. Ela era fundamental para manter o Departamento de Eficiência no prumo, e quando estava entre seus colegas mais próximos, ela podia ser tudo, menos frágil ou assustada.

– E diminuir o peso em zero ponto dois por cento – ela acrescentou, os demais concordando com seu rápido cálculo.

– E o custo? – Christopher perguntou, finalmente entrando na discussão, sua cabeça focada na única coisa que importava de verdade. Como Diretor do Departamento de Eficiência, a meta de Christopher era certificar-se de economizar *o máximo* de dinheiro para a empresa, se possível.

Ralph Butterworth, o pessimista do grupo – ou o realista, como ele gostava de se definir –, encolheu os ombros e respondeu:

– Vai economizar poucos centavos.

Era exatamente isso o que Christopher temia. Alguns poucos centavos não seriam o suficiente para ajudar o orçamento da empresa. Mas ele não quis parecer tão desanimado para o grupo.

– Continuem pensando! – ele disse, esperando inspirá-los, sendo que, no fundo, sentia-se derrotado. – Não deixem passar nada.

Para sua surpresa, suas palavras receberam aplausos.

– Bravo! É assim que eu gosto!

Ao se virarem, todos se viram diante do chefe, Giles Winslow. Com a repentina atenção, o jovem trocou o peso de perna, nervosamente, e mexeu na pasta sanfonada marrom que trazia nas mãos. Embora, tecnicamente, ele fosse o chefe, cargo herdado por ser filho do senhor Winslow, ele parecia fora de seu ambiente natural ali no Departamento de Eficiência. Diferentemente de seus funcionários, cujos rostos pálidos e desgastados estavam sempre grudados no trabalho que tinham sobre a mesa, Giles tinha o rosto bronzeado, sem nenhum sinal de olheiras. Ele era, claramente, um homem que aproveitava a vida ao ar livre e não gastava muito tempo se preocupando com o orçamento da empresa. Afinal de contas, ele tinha funcionários para fazer isso por ele.

– Senhor Winslow – Christopher disse, reagindo rapidamente ao leve constrangimento que tomava o ambiente. – Eu poderia ter ido ao seu escritório.

Giles balançou a cabeça.

– Ah, não, não – ele retrucou. – Eu adoro vir aqui embaixo, sujar as minhas mãos de vez em quando... – Como para provar seu argumento, ele tocou na amostra de mala que estava sobre a mesa mais próxima.

– A amostra ainda está molhada, senhor – Christopher o alertou.

Como se tivesse se queimado, Giles rapidamente afastou a mão e começou a limpar os dedos no lenço que tirou do bolso. Ainda tentando fingir ter alguma noção do que fazia ali, ele ergueu a cabeça e respirou profundamente:

– Ah, o cheiro do couro! – ele disse. – O cheiro do trabalho duro. Muito melhor estar aqui do que em meu abafado escritório, onde apenas acontecem as coisas chatas. Isso mesmo! *Este* é o meu lugar. Aqui embaixo com os homens... *e* as mulheres de verdade. – Ao terminar, ele levantou um dos pés, apoiando-o sobre uma pilha de amostras que alguém havia organizado. Mas, assim que seu pé tocou as amostras, elas começaram a cair, fazendo muito barulho, uma pancada atrás da outra. – Bem... podemos ir para o seu escritório? – Giles disse, por fim, passando por cima da bagunça e se aproximando do gerente sênior da equipe.

Christopher o seguiu, mas não antes de lançar um olhar de alerta à sua equipe. Ele conhecia seus funcionários. Assim que a porta se fechasse, eles se aproximariam para tentar ouvir a conversa. E foi antes do estalo da porta se fechando atrás de Giles e Christopher que todos já estavam amontoados diante dela, pressionando os ouvidos contra a madeira.

Do lado de dentro do escritório de Christopher, Giles não perdeu tempo e foi direto ao ponto. Ele sabia que tinha feito papel de palhaço e quanto antes pudesse sair daquele departamento horroroso, melhor.

– Acabamos de receber o último relatório de vendas – ele informou, entregando a Christopher a pasta marrom que estava carregando e sentando-se em uma cadeira.

Apavorado, Christopher abriu a pasta e começou a analisar os papéis. Números em vermelho e preto – a maioria em vermelho – saltavam das páginas diante de seus olhos. Ele sentiu o sangue se esvaindo de seu rosto. A sala pareceu ficar mais quente e ele começou a sentir dificuldade para respirar. Colocando dois dedos atrás do nó da gravata, ele se esforçou para afrouxá-la. Então, ele também se sentou.

Do lado de fora do escritório, a equipe sênior de gerenciamento observava tudo, com os olhos arregalados.

– Não sou muito bom em linguagem corporal – disse Leadbetter, observando seu chefe –, mas eu diria...

– Que estamos todos na rua – Butterworth terminou pelo colega.

Gallsworthy, como sempre o último a entender o que estava acontecendo, tentou se aproximar:

– O que estão dizendo? Não consigo escutar.

– Não se preocupe. Eu sei fazer leitura labial – disse MacMillan, colocando os óculos. Ela, então, fez uma careta de dor. – Esses óculos não são meus.

Enquanto eles resmungavam, Christopher e Giles continuavam sua conversa "particular". Ou melhor, Christopher continuava preocupado e Giles continuou com suas críticas.

– Como as coisas ficaram tão ruins? – Christopher perguntou, passando a mão pelo cabelo.

Ele simplesmente não conseguia entender. Ele era incansavelmente eficiente. Todas as tarefas eram sempre cumpridas com excelência – e verificadas. Se houvesse qualquer dúvida a respeito da eficiência de um processo ou de uma compra, Christopher o considerava ineficiente e fazia as mudanças necessárias. Ele sabia que eram tempos difíceis para muitos, que as consequências da guerra tinham ido muito além dos campos de batalha. Ele sabia que compras de luxo não estavam na lista de prioridade da maioria da população. Ainda assim...

– Você é quem deve me dizer – retrucou Giles, interrompendo o turbilhão de pensamentos de Christopher. – Você é o especialista em eficiência. De todos os negócios do meu pai, a Malas Winslow é o pior. É constrangedor para mim, claro... – Ele olhou para baixo e inspecionou as unhas recém-feitas, em um comportamento que era o oposto ao de alguém que estivesse se sentindo constrangido. – Resumindo, precisamos cortar custos.

Christopher conseguiu evitar revirar os olhos. As coisas já estavam ruins o suficiente. Ser visto sendo desrespeitoso com o chefe era a última coisa de que ele precisava.

– É só nisso que venho trabalhando – ele argumentou. Ao apontar para a janela que dava para seu departamento, percebeu algumas cabeças se abaixando. – E estamos fazendo progressos. Três por cento ou algo por aí.

– Precisamos cortar mais do que três por cento, Robin – advertiu Giles, descruzando uma perna e cruzando a outra.

– Quanto? – questionou Christopher, temendo a resposta antes mesmo de terminar a pergunta.

– Vinte.

O que tinha sobrado de sangue circulando pelo rosto de Christopher terminou de se esvair e seu coração batia violentamente em seu peito. *Vinte por cento?* Aquele era um número quase impossível. Ele balançou a cabeça. Não, era um número absolutamente impossível. Ele olhou novamente para a janela. Sua equipe havia se afastado e estavam todos em torno da mesa de Katherine, fingindo – muito mal, por sinal – que não estavam prestando atenção. Ao se dar conta de que o chefe os observava, todos começaram a mexer aleatoriamente no que encontraram sobre a mesa da secretária.

– Tem que haver outro jeito – Christopher argumentou, voltando a atenção novamente ao seu chefe. – Seu pai prometeu a essas pessoas um bom emprego depois da guerra. Eles fariam qualquer coisa por essa empresa. *Eu* faria qualquer coisa por essa empresa. – Ele gostaria de acrescentar que, na verdade, já *tinha* feito tudo o que era possível e perguntar o que *Giles* havia feito, exatamente, para ajudar. Mas parou quando o chefe se levantou.

– Meu pai solicitou uma reunião de emergência na segunda-feira – ele disse, dirigindo-se à porta. – Temos que resolver os cortes até lá.

– Prometi à minha filha que viajaríamos neste fim de semana...

Giles ergueu uma sobrancelha. Christopher abaixou a cabeça. Ele *tinha* acabado de dizer que faria qualquer coisa pela empresa. Mas ele havia prometido à sua mulher e à sua filha que, enfim, tiraria uns dias de folga pra irem à casa de campo. Eles não faziam isso há séculos, principalmente porque, sempre que planejavam, Christopher precisava cancelar. E, agora, tudo indicava que ele iria acabar com os planos de mais um fim de semana. Christopher soltou um suspiro longo. Sua esposa era paciente e compreensiva, mas até ela tinha seu limite. E cancelar os planos mais uma vez? Isso poderia muito bem tirá-la do sério.

– Você tem sonhos, Robin? – A pergunta de Giles o surpreendeu. A expressão de Christopher trazia sua surpresa estampada no rosto. – Bem, vou contar um segredinho. Os sonhos não se realizam sozinhos, Robin – Giles prosseguiu com um conselho que Christopher, sinceramente, não queria ouvir. – Nada é de graça nessa vida. E se o navio afunda, você precisa se perguntar se você vai afundar com ele ou vai nadar.

– Claro que eu escolho nadar, senhor – Christopher respondeu.

Giles assentiu.

– Resposta certa! Eu também escolho nadar. E é por isso que vou trabalhar neste fim de semana. Todas as cabeças pensantes juntas e tudo o mais. – Ao pegar a pasta, ele retirou uma folha de papel e entregou a Christopher. – Aqui está uma lista de nomes para "mandar para a prancha" se você... quer dizer, se *nós* não encontrarmos uma solução. Boa sorte!

E com a ameaça concluída, Giles abriu a porta e foi embora do escritório de Christopher.

Christopher ficou imóvel, com a lista de nomes na mão. O que ele deveria fazer a seguir?

DOIS

Christopher ficou parado diante da porta de seu escritório por um longo e doloroso momento. A lista que Giles lhe havia entregado parecia queimar sua mão. Como ele poderia seguir em frente e simplesmente mandar aquelas pessoas "para a prancha" como Giles tão tranquilamente sugerira? Para ele, elas não eram apenas números. Eram homens e mulheres ao lado dos quais ele trabalhava todos os dias. No início, ele se esforçou ao máximo para mantê-los a uma distância segura. Mas, com o passar do tempo, foi soltando – um pouco – as rédeas. A verdade é que ele lutava para manter um nível de profissionalismo, mas não havia como ele não ficar sabendo de suas famílias, suas dificuldades, suas conquistas. Eles eram, por qualquer perspectiva que se analisasse, parte de sua família. Christopher focou seu olhar na equipe sênior de gerenciamento. *Especialmente* neles. Apesar de ainda não ter olhado os nomes na lista de Giles, ele supunha que os nomes de alguns deles estariam nela. Afinal, como o título sugere, uma "equipe sênior de gerenciamento" era composta por quem há mais tempo estava na empresa e mais competência tinha. Portanto, tinham também os salários mais altos. E se Giles realmente pretendesse cortar vinte por cento dos gastos? Bem, então nem seria necessário um especialista em eficiência para saber que os primeiros a serem cortados seriam os funcionários com os maiores salários.

Christopher suspirou. Ele não podia ficar ali parado, negando o inevitável para sempre – por mais tentadora que fosse a ideia. E pela expressão de ansiedade estampada no rosto de sua equipe, ele sabia que todos já tinham consciência do que havia acontecido. Então, ele se preparou e saiu do escritório.

– Suponho que vocês ouviram a maior parte, certo? – Christopher se dirigiu a todos.

Imediatamente ele obteve um coro de negações como resposta e segurou o riso com todos os *nãos* e *imagina* que ouviu. Na verdade, chegava a despertar simpatia quanto eles haviam sido pouco profissionais e como *achavam* que estavam sendo espertos. Christopher ergueu a sobrancelha e disse:

– Bem, talvez tenham escutado *um pouquinho*...

Butterworth acabou admitindo e contou ao chefe o que eles pensavam ter escutado. De acordo com ele, a equipe achava que a conversa entre Giles e Christopher tinha sido sobre um "jumento" e um certo "conversível".

Se a situação não fosse tão desagradável, Christopher teria caído na risada com a péssima interpretação que fizeram da conversa. Em vez disso, ele deu um sorriso amarelo e explicou que o tal "jumento" era, na verdade, os tais *vinte por cento* que precisariam fazer de cortes; e que o "conversível" se referia à sua reação quanto ser *impossível* aceitar a proposta de Giles de reduzir pessoal.

Era possível ver o desespero na cara de todos enquanto Christopher continuava a atualizá-los:

– Qualquer um que tenha alguma sugestão, venha falar comigo até amanhã – ele disse, encerrando o assunto. – Vou estudar tudo durante o fim de semana. Tragam-me uma solução.

– Faremos nosso melhor, senhor! – Hastings respondeu pela equipe, tentando, como sempre, manter-se positivo.

– Obrigado – Christopher agradeceu com sinceridade. – Eu sei. Mas lembrem-se de que temos sorte. Temos emprego. Vamos tentar manter as coisas assim, está bem?

Então, com um último olhar em volta, Christopher voltou para o escritório, fechando a porta atrás de si. Aproximou-se das janelas e fechou as persianas para não correr o risco de que alguém o visse quando se sentou atrás da mesa e apoiou a cabeça nas mãos.

Ele tinha acabado de dar o desafio dos desafios para sua equipe: descobrir um jeito de tornar um número impossível viável ou perder o emprego. Em toda a sua vida adulta, ele nunca havia se sentido uma pessoa tão ruim quanto naquele momento.

Então ele se lembrou de que teria de cancelar os planos para o final de semana.

Pode esquecer, ele pensou, soltando um alto suspiro. *Agora* ele realmente estava se sentindo a pior pessoa de todo o mundo.

※ ※ ※

A noite havia caído sobre a cidade de Londres. As luzes da rua piscavam, iluminando os paralelepípedos do chão.

Mas dentro do Departamento de Eficiência da Malas Winslow, todas as luzes estavam acesas.

Christopher e sua equipe estavam trabalhando direto, mesmo depois da hora de terem ido para casa jantar com suas famílias já ter passado há muito tempo. Eles estavam debruçados sobre suas mesas, de cabeça baixa. Pilhas de

DOIS

papel na frente de todos os membros da equipe. Cálculos e mais cálculos dos dois lados de cada folha: alguns riscados, outros circulados. Nenhum deles, no entanto, trazia uma solução.

Christopher ouviu um estrondo do lado de fora de seu escritório e olhou para seus funcionários, que estavam reunidos no salão sem divisórias. Butterworth havia adormecido, sua cabeça caída sobre a pilha de papel à sua frente.

Levantando-se, Christopher saiu do escritório e foi para o salão. Ele colocou a mão sobre o ombro de Butterworth e gentilmente o acordou.

– Hora de ir para casa – ele disse. – Deixem suas sugestões sobre a mesa. Eu mesmo as recolho mais tarde.

Alguns integrantes da equipe tentaram protestar, mas foram tentativas, no mínimo, fracas. Então, depois de mais uma ordem de Christopher para que fossem para casa, eles arrumaram suas coisas, felizes, e rumaram para os elevadores. Christopher os observou partir antes de recolher as sugestões que haviam deixado nas mesas e voltar para o seu escritório.

Já era hora de encerrar o trabalho por aquela noite, mas Christopher olhou para o relógio e achou que poderia ficar mais algumas horas no escritório antes de voltar para casa. Afinal, àquela hora, Evelyn e Madeline muito provavelmente já estariam dormindo.

***

Christopher Robin ficou no escritório até os números nas páginas diante dele começarem a se mesclar entre si, formando uma estranha obra de arte abstrata. Mas ainda assim ele continuou ali até ver que sua cabeça estava perigosamente perto de bater na mesa quando ele começou a cochilar. Só então foi para casa. Christopher reuniu todos os seus papéis e as propostas de seus funcionários, colocou tudo dentro de sua maleta e a fechou bem. A última coisa de que ele precisava depois de tanto trabalho era que aqueles papéis se perdessem em seu caminho de volta para casa.

Casa. A palavra soava igualmente maravilhosa e assustadora. Ele não queria nada além de entrar pela porta, pendurar o casaco e o chapéu, sentar-se na cadeira mais próxima e dormir por algumas horas. Ao mesmo tempo, temia acordar pela manhã e ter de contar à sua mulher e à sua filha que não poderia passar o fim de semana no campo – de novo!

Por sorte, ao menos uma pequena parte de sua fantasia se realizou. Ele entrou em casa, *de fato*, pendurou o casaco e o chapéu e, *sim*, foi em busca da tão sonhada cadeira. Mas foi aí que a fantasia e a realidade se separaram. Porque, em vez de encontrar uma cadeira confortável onde poderia adormecer, encontrou duas malas ao lado da porta e sua esposa esperando por ele na sala de jantar.

Evelyn não disse uma palavra enquanto via seu marido se aproximando, com os olhos cansados e os ombros baixos. Ela viu que ele parecia derrotado, como se estivesse carregando o peso do mundo em seus ombros. Mais cedo, enquanto preparava o jantar, naquela noite, ela se viu assobiando a música que eles dançaram na festa de casamento. A ideia do fim de semana que se aproximava a deixara animada e quase inebriada, como a jovem que era quando conheceu Christopher. Naquela época, as coisas eram tão fáceis, tão tranquilas. Não havia guerra, pressão de chefes, nada de "eficiência". Eles viviam o momento e suas aventuras, e se divertiam fazendo mesmo as coisas mais simples, desde que estivessem juntos.

Mas as coisas tinham ficado mais difíceis com o passar dos anos. A guerra havia mudado seu marido e seu casamento. Quando ele voltou para casa, determinado a cuidar da família que estava crescendo, Christopher começou a se afastar. Evelyn tentou – e *continuava* tentando – trazer de volta um pouco da espontaneidade que eles tinham antes, um pouco da alegria. Mas, quase sempre, o trabalho dele se colocava em seu caminho. Enquanto preparava o jantar, ela desejava que o fim de semana no campo fosse lhes dar o tão necessário descanso. Foi quando ela recebeu a ligação do escritório e soube que a tão esperada pausa não aconteceria. Ao menos não naquele fim de semana. E aquilo lhe apertou o coração – por Christopher, por Madeline, por ela. Seria mais fácil lidar com a decepção, ela pensou, vendo Christopher se aproximar, se ela não o amasse tanto.

– Madeline queria esperar por você – Evelyn disse, sua voz doce e carinhosa, quando Christopher viu o lugar solitário posto à mesa. – Mas ficou muito tarde.

O restante da mesa já havia sido retirado. O prato, o copo, o jogo de talheres solitários eram uma maneira não muito gentil de fazer Christopher se lembrar de mais uma coisa que havia perdido. Desviando o olhar da mesa, ele encarou sua mulher, que estava apoiada na porta que ligava a cozinha à sala de jantar. Os braços cruzados, seus profundos olhos castanhos ainda mais densos com as palavras não ditas. Enquanto a observava, ela se aproximou e a luz da cozinha iluminou seu cabelo castanho, fazendo-o brilhar como ouro. Christopher não podia conter o sentimento de amor – e de dor e de saudade que sempre sentia ao se deparar com a beleza de Evelyn. Mesmo depois de todos aqueles anos, sempre que a via, Christopher se sentia como se a estivesse vendo pela primeira vez.

— Eu sinto muito — Christopher se desculpou, sabendo que soava falso na silenciosa sala de jantar. — Fiquei preso no trabalho.

— Eu sei. Katherine ligou para me avisar — Evelyn respondeu.

Claro, Christopher pensou. Sua estranha tranquilidade agora fazia mais sentido. Apesar de Evelyn ser sempre a mais calma dos dois, ela também era a mais impulsiva *e* a mais pontual. Chegar na hora, manter sua palavra, comunicação aberta — essas eram algumas das coisas que ela mais prezava. Se Katherine, e não ele, ligasse para avisar Evelyn de que ele iria se atrasar, seus problemas já teriam começado muito antes de entrar em casa.

— Ela *também* me disse que você vai trabalhar este fim de semana — Evelyn acrescentou. Christopher engoliu em seco. A cada segundo que passava, a situação piorava. — Acho que você não vai para o campo — ela disse como uma afirmação, não como pergunta.

Christopher suspirou. Ele sabia que era inútil tentar explicar *o motivo* pelo qual precisava ficar em casa e trabalhar. Ele sabia o que ela faria. Evelyn se ofereceria para ajudar ou proporia que ele levasse o trabalho para a viagem. Desde que estivessem juntos, pois é só isso que importa, ela diria. Mas Evelyn não havia visto a expressão de medo no rosto de sua equipe quando ele contou o que aconteceria se não conseguissem fazer os cortes. Ele tinha que concentrar toda a sua atenção na tarefa que tinha nas mãos. Ele não queria decepcionar sua família, mas ele também não queria decepcionar sua equipe – nem a empresa. Ele estava, como diz o ditado, entre a cruz e a espada.

– Não há como evitar – ele disse, por fim.

– Nunca há – Evelyn retrucou, dando um sorriso triste e chateado para o marido.

Ela tentou esconder a decepção em sua voz, mas não conseguiu. A expressão de tristeza que surgiu no rosto de seu marido a fez se arrepender das palavras imediatamente. Christopher podia fingir ser duro e inabalável, mas Evelyn sabia que, no fundo, ele era sensível – demais. Infelizmente, ela não podia retirar as palavras ditas e, apesar de o terem magoado, elas eram reais. Suspirando, Evelyn cruzou a porta e voltou para a cozinha.

– Por que você não vai contar a novidade para a sua filha enquanto eu aqueço seu jantar? – ela sugeriu.

Christopher a observou e, por um longo momento, não se moveu. Enfrentar sua mulher quando ela estava irritada não era nada fácil. Mas desapontar sua filha? Isso, sim, seria horrível. Uma parte dele desejava que, chegando em casa tão tarde, pudesse evitar o encontro ao menos até o dia seguinte. Ele soltou um profundo suspiro e se dirigiu para a escada.

A casa dos Robin em Londres não era mais tão luxuosa e requintada como quando Christopher era um garoto. Os anos seguintes à morte de seu pai – o que aconteceu pouco depois de ele ter iniciado o colégio interno – tinham sido muito difíceis para sua mãe, causando forte impacto nas finanças. E esse era o motivo pelo qual Christopher se sentia obrigado a dedicar tanto do seu tempo à Malas Winslow. Eles lhe haviam oferecido um emprego quando ele ainda era um jovem sem experiência, dando-lhe condições de manter a família. Quando ele e Evelyn se casaram, mudaram-se para a casa da família na cidade. Mas o dinheiro continuava curto, então, o que era supérfluo, como retocar a pintura rachada ou trocar o papel de parede desbotado, em geral não era feito. Ainda assim, Evelyn havia conseguido fazer da casa um ambiente caloroso e acolhedor e, por um tempo, ela foi o local de muitos jantares animados e divertidos. Então, chegou a guerra e tudo mudou.

Subindo a escada, Christopher sorriu, triste, ao passar pela foto dos pais que estava pendurada na parede. Nela, ambos riam de algo que não se podia ver. Eles estavam visivelmente felizes, com a postura relaxada, muito diferente da imagem séria e dura da qual ele se recordava de sua infância. Então, ele pensou, pela primeira vez, que talvez fosse assim que Madeline fosse se sentir ao ver fotos dos pais. Ela também se perguntaria o que os haveria deixado tão sérios?

Ao chegar diante da porta do quarto de sua filha, Christopher sentiu uma faísca de esperança de que ela já pudesse estar dormindo, o que o salvaria da tão temida conversa. Mas a luz que escapava por baixo da porta e o murmurar que vinha do outro lado acabaram com sua esperança em um piscar de olhos. Ele bateu na porta e entrou no quarto de Madeline.

A garota estava sentada em sua cama. Era nítido que ela tinha começado a se preparar para dormir, mas alguma coisa a havia mantido acordada. Ao ver a caixa que ela tinha à sua frente, com todo seu conteúdo espalhado sobre o edredom e o olhar animado em seu rosto, Christopher conseguiu entender o que havia acontecido.

– E o que temos aqui? – ele perguntou.

DOIS

Madeline ergueu o olhar ao ouvir a voz do pai repentinamente. Ela corou, sentindo-se culpada, suas bochechas enrubescendo e deixando-a ainda mais graciosa.

– Ah, isso é seu – ela respondeu, sem jeito. – Eu encontrei no sótão. Tem um monte de coisas de quando você era criança.

Ao se aproximar, Christopher arregalou os olhos. A caixa, que ele achou que fosse uma caixa qualquer, era mesmo dele, de quando ele era criança. Mais precisamente, era a caixa que ele tinha montado na manhã antes de partirem da casa de campo e da qual havia se esquecido completamente. Olhando para as coisas que Madeline havia espalhado sobre a cama, ele viu pedras de rio, alguns gravetos e muitos desenhos que já estavam se apagando pela ação do tempo. Madeline pegou uma pequena sacola. Seu movimento fez a sacola se abrir e, de dentro dela, caíram várias bolotas marrons.

– Bolotas! – Christopher exclamou antes de poder se conter. Balançando a cabeça, ele rapidamente corrigiu seu erro. – Quero dizer, são apenas bolotas. Nada demais. Você não deveria estar fazendo algo de mais proveitoso com o seu tempo? – ele perguntou.

Christopher não gostou da expressão de curiosidade com a qual Madeline estava lhe olhando. Ele precisava de algo para distraí-la. Observando seu quarto, viu uma pilha de livros perto da cama da filha:

— Talvez lendo um pouco — Christopher sugeriu, apontando para os livros.

— Eu já terminei de ler os livros que a Grayford enviou — Madeline respondeu rapidamente. Assim como seu pai, ela se orgulhava de concluir suas tarefas. E ao orgulhoso balançar de cabeça de Christopher, ela acrescentou: — Estou muito adiantada. Tenho sido muito eficiente.

— Ótimo — Christopher respondeu. — Isso é muito bom.

Enviar sua filha para o mesmo colégio interno onde havia estudado em sua infância era um luxo que, na verdade, eles não podiam se permitir. Mas Madeline era uma *Robin*. E os Robin estudavam na Grayford há muitas gerações. Essa era a outra razão pela qual ele ficaria o fim de semana todo dentro do escritório. Ele não poderia se permitir perder o emprego. Especialmente naquele momento.

— Sim — Madeline disse, feliz em agradar o pai. — Não tenho nenhuma tarefa para o fim de semana. Podemos fazer o que quisermos. Quebra-cabeça, jogo de tabuleiro... — Sua voz soava cheia de esperança.

Christopher mal conseguia encarar sua filha. Seus olhos azuis eram grandes e inocentes e encará-los o fez

DOIS

se recordar, dolorosamente, do preço que seu emprego, sua vida, estava cobrando de sua família. Ele já tinha visto aquele olhar, anos atrás, refletido no espelho quando ele era uma criança. Nos momentos em que ele contava ao seu pai sobre suas aventuras no bosque atrás da casa de campo e implorava para que o pai o acompanhasse, sempre obtendo um firme "não" como resposta. Ele se perguntou, não pela primeira vez, como ele se tornara o mesmo homem que seu pai havia sido. Mas que escolha ele tinha? Se ele quisesse oferecer algum futuro à sua filha, ele precisava trabalhar. Com o olhar baixo, ele, distraidamente, começou a brincar com uma semente, ansioso por qualquer motivo para quebrar o contato visual com Madeline.

– Sobre isso... – ele disse, por fim –, eu não vou poder ir nesse fim de semana.

– Mas o verão vai acabar em breve – Madeline implorou, sua voz começando a fraquejar. – Eu nunca vejo você.

– Eu sei – Christopher respondeu com a garganta travada. No mesmo momento, a imagem de Giles, com a pasta na mão, voltou à sua mente e ele ajeitou sua postura. – Eu queria não ter que trabalhar, mas os sonhos não são de graça, Madeline. É preciso trabalhar para conquistá-los. Nada é de graça na vida. Você entende?

Apesar de ter pronunciado cada uma das palavras, Christopher odiou tê-lo feito. Uma coisa era Giles passar um sermão para ele no trabalho. Porém não havia motivos para dizer esse tipo de coisa para sua jovem filha.

Para sua vergonha e horror, a esperança desapareceu do olhar de Madeline e ela concordou, balançando a cabeça lentamente.

– Eu entendo – ela cedeu, suavemente. Então, pegando as bolotas e entregando-as a ele, disse: – Suponho que possa manter estas aqui então. Você acha que poderia ler um pouco para mim?

– Oh – Christopher foi pego de surpresa pelo pedido. Em geral, era Evelyn quem lia para Madeline antes de dormir. – Bem, sim. Claro.

Estendendo o braço, Christopher pegou um dos livros da pilha de recomendações da escola e o abriu na primeira página. Ele começou a ler e não se deu conta de que a filha já havia escolhido o livro que queria: um conto de fadas.

– Na verdade, pai – Madeline o interrompeu alguns momentos depois da dura narrativa histórica que o pai estava lendo –, acho que estou um pouco cansada. – E para provar seu argumento, ela soltou um bocejo completamente fajuto e começou a se ajeitar sob o edredom.

Christopher estreitou os olhos diante do bocejo da filha e pensou em dizer algo, mas decidiu permanecer em silêncio. Ele se levantou, sem jeito, deu um tapinha no ombro de Madeline e se virou para ir embora, desejando-lhe boa-noite ao apagar a luz.

Madeline respondeu silenciosamente ao boa-noite do pai e virou-se de lado, ficando de costas para ele. Christopher olhou mais uma vez para a filha, suspirou e fechou a porta. *Bons sonhos*, ele pensou. O pedido de desculpas que ele sentia vontade de dizer seguia preso em sua garganta. Provavelmente era o melhor a se fazer. Para sua filha realmente descansar, não havia a necessidade de lhe contar nenhuma outra desculpa...

✱ ✱ ✱

– Eu estava pensando – Christopher disse. – Vocês duas não *precisam* ir amanhã.

Ele estava sentado à mesa, comendo o jantar que Evelyn havia aquecido para ele. A casa estava em silêncio, o único ruído que se ouvia era o dos talheres sobre a porcelana e o ranger das tábuas do piso se acomodando. Evelyn estava sentada diante do marido, muda. Christopher tentou ignorar o olhar duro que vinha em sua direção até o silêncio se tornar desconfortável e ele, finalmente, dizer tais palavras.

– Já passamos por isso – disse Evelyn, claramente nem um pouco surpresa pela proposta do marido. – Ela precisa brincar, Christopher. Não pode passar todo o tempo estudando.

– A Grayford é a melhor escola – Christopher retrucou, sem erguer os olhos do prato.

– Ela está estudando *muito*.

Evelyn deu um profundo suspiro. Ela amava seu marido. E o *amou* praticamente desde a primeira vez que o vira. Ela amava o fato de ele ser trabalhador e dedicado. Ela amava que ele se preocupasse com o futuro, e amava o fato de que ele quisesse sempre o melhor para Madeline. Mas o que ela não amava, o que ela não podia entender, era como ele podia ser tão duro e ter a visão tão limitada. O homem que ela conheceu e pelo qual se apaixonou, anos antes, tinha ao menos um pouco de imaginação. Ele sorria e tinha disposição para se divertir e ser espontâneo. Mas o homem sentado à sua frente? Às vezes ela não conseguia reconhecê-lo. Mas o que importava, no momento, não eram os seus sentimentos, e, sim, os de sua filha.

– Ela faria qualquer coisa para agradar você – Evelyn observou, tentando manter a voz baixa. A última coisa que queria era deixar suas emoções aflorarem. – Mas existem escolas muito boas em Londres que não exigiriam que a mandássemos para longe. E você sabe que ela não quer ir.

– Eu fui para lá com a mesma idade – Christopher ergueu o olhar e respondeu com firmeza. – É uma escola que vai prepará-la para o mundo. Orientá-la para sua carreira. Essa não é a nossa responsabilidade com o seu futuro?

Evelyn lançou-lhe um olhar severo.

– O que foi? – Christopher perguntou.

Levantando-se, Evelyn empurrou sua cadeira e se aproximou do marido. Ela se sentou diante dele, pegando suas mãos.

– Você nem ao menos gosta do seu emprego – ela disse delicadamente, olhando-o nos olhos.

– E o que isso tem a ver com o que estamos conversando?

– *Eu* não estudei em Grayford e eu gosto do que faço – Evelyn se explicou.

– Sim, mas você faz mais como um hobby, certo? – Christopher questionou.

Evelyn ergueu sua sobrancelha perfeitamente arqueada e uma faísca saltou de seus olhos, ao mesmo tempo que suas bochechas coraram. Ela amava seu marido. De todo o coração. Mas, às vezes – como naquela situação –, ele dizia coisas que a faziam querer gritar de frustração. Seu *hobby*, como Christopher chamava seu trabalho, era muito mais do que isso. Era algo que ajudava a pagar as contas e, mais importante que isso, era algo que realmente a motivava. Ela adorava seu trabalho. Adorava trabalhar com a equipe de engenheiros, arquitetos e construtores contratados pelo município. Quando estava no escritório, as pessoas respeitavam sua opinião, riam de suas piadas, conversavam. Ela se sentia valorizada. Em casa, ela tinha sorte nos dias em que conseguia trocar mais de algumas poucas frases com seu marido. Evelyn soltou um suspiro muito profundo e engoliu sua resposta. Aquele não era o momento para uma briga.

– Metade da cidade foi destruída durante os bombardeios alemães – ela respondeu, tentando manter o tom de voz neutro. – Estou tentando ajudar a reconstruí-la. É para isso que recebemos do governo.

– Vocês recebem dinheiro do governo? – Christopher perguntou, parecendo surpreso.

– Eu contei isso para você há *semanas* – Evelyn retrucou. Ela soltou as mãos do marido e apoiou as suas nas próprias pernas. E parou de tentar fingir que não estava chateada. – É disso que estou falando. Mesmo quando você está em casa, é como se não estivesse. Você vai acabar chegando ao limite. Vai chegar um dia em que você não vai aguentar.

– Se eu trabalhar duro agora, então, no futuro, a vida será...

Christopher ergueu o garfo e Evelyn não deu chance para ele concluir a frase. Ela estava cansada de desculpas por uma noite e sua paciência havia chegado ao fim.

– Vai ser o quê? – ela perguntou, afastando o prato da frente do marido. – Melhor? Pior? Não nos importamos. Queremos ter você conosco. *Isto* é a vida, Christopher. A vida está acontecendo bem agora. Diante de você. Olha só! – Evelyn ergueu os braços no ar, balançando-os e fazendo uma careta. Christopher nem ao menos esboçou um sorriso. Evelyn abaixou os braços e suspirou. – Não vejo você rir há anos.

– Achei isso bastante divertido – Christopher respondeu, sem animação.

Evelyn se levantou. Pegou o prato e começou a ir para a cozinha, mas ela parou antes de chegar à porta. Virou-se e olhou para o marido. Ele permanecia sentado, com uma expressão confusa.

– Só queria você se divertindo de vez em quando. Sendo um pouco bobo. Não me apaixonei por você porque você estava "focado na carreira".

– Por favor, não faça isso ser ainda mais difícil –

Christopher lamentou, levantando-se. – Eu vou levar minha mala para cima. Desculpe por ter feito você arrumá-la para mim. – Só então ele percebeu que sua mala não estava ali. – Onde está a minha?

– Nem me dei ao trabalho – Evelyn respondeu.

E, então, ela foi para a cozinha, a porta basculante se fechando depois de sua passagem. No hall de entrada, Christopher ficou olhando para as malas. O fato de sua esposa não ter feito sua mala queria dizer mais do que qualquer coisa que ela pudesse ter dito durante o jantar e doeu mais do que qualquer soco doeria. O que havia acontecido com eles? Como tinham chegado a esse ponto? Houve um tempo em que eles conseguiriam encontrar um jeito de rir da situação. Houve um tempo em que Evelyn teria sido em quem ele encontraria conforto, com quem ele teria se aberto e compartilhado seus medos em relação ao que aconteceria com sua equipe. Mas agora? Já não havia intimidade em suas palavras, a paixão não era mais a base das conversas. Christopher sabia que a maior parte da culpa era sua. Evelyn era paciente, gentil e maravilhosa, e ele sabia que ela o amava. Mas ele a manteve afastada por tanto tempo que ele já não sabia mais como diminuir essa distância. *E se eu não conseguir mais me aproximar dela?*, ele pensou enquanto subia a escada. *E se ela estiver certa? E se eu não souber mais me divertir?*

***

Christopher dormiu muito mal naquela noite. Ficou se revirando na cama, imagens estranhas passando por sua mente, revivendo memórias que o aterrorizavam. Árvores, mistérios e fantasmas preenchiam seus sonhos – e através da densa névoa que encobria a floresta e impedia que se visse o chão, ele apenas conseguia vislumbrar as silhuetas de ursos e coelhos, burros e porcos.

Ele acordou com o suor escorrendo por sua sobrancelha e virou-se para o lado onde o caloroso corpo de sua mulher costumava estar. Mas o outro lado do colchão estava frio. Ao abrir os olhos, viu os suaves raios de sol atravessando a cortina. O dia havia nascido. Ele ouviu, vindo do andar de baixo, o som da porta se abrindo e a voz de sua filha mesclada à de Evelyn. Elas estavam se preparando para partir.

Afastando as cobertas, Christopher rapidamente colocou uma roupa de trabalho e desceu a escada. Como ele imaginava, encontrou a porta aberta e viu o carro parado. O porta-malas já estava com as bagagens de Evelyn e Madeline. As duas estavam na sala de estar e mal conseguiram dirigir-lhe o olhar quando Christopher se aproximou.

– Bem – ele disse, sem jeito. – Divirtam-se.

Christopher se abaixou para abraçar Madeline, mas o corpo da menina estava duro, então ele apenas lhe deu um beijo no rosto e um tapinha nas costas. Em resposta, a menina acenou com a cabeça e começou a ir no sentido da porta. Mas ela parou no meio do caminho e olhou para o pai, entregando-lhe uma folha de papel dobrada:

– Eu adorei esse desenho que você fez – ela comentou, com a voz baixa. – Talvez você pudesse colocá-lo ao lado do meu. – Com o balançar de cabeça do pai, ela sorriu e seguiu para fora de casa.

Evelyn esperou a filha estar do lado de fora para se despedir friamente do marido. Ele não tinha certeza se era intencional ou não, mas o rápido beijo no rosto e o tapinha nas costas sem nenhuma emoção pareciam uma punição velada pela forma como ele havia se despedido – pela forma como havia feito tudo. Sem dizer nada, Evelyn seguiu a filha pela porta. Christopher as observou entrando no carro e saindo de viagem.

– Sinto muito – ele murmurou, erguendo a mão em um aceno.

DOIS

Christopher sabia que era tarde demais, nenhuma desculpa seria suficiente para amenizar o fato de ele não passar o fim de semana com elas. Suspirando, ele se virou e voltou para dentro de casa. Ao entrar na cozinha, colocou sua maleta sobre a mesa. A chaleira começou a apitar e ele, desatento, serviu-se. Então, com sua eficiência tradicional, abriu a maleta e conferiu se tudo o que ele precisaria para sua missão estava ali. Do bolso, ele puxou o papel que Madeline lhe havia entregado; para sua surpresa, diante dele estava um desenho de seu velho amigo, o Ursinho Pooh.

Um calafrio percorreu seu corpo e ele se lembrou do estranho sonho da noite anterior. Ficou todo arrepiado olhando para o ursinho. Ele não pensava em seu amigo havia anos. Ainda assim, ao ver a imagem, era como se pudesse escutá-lo, sentir o cheiro do Bosque dos Cem Acres. Um lento sorriso se abriu em seu rosto...

Então, direto do hall de entrada, o grande relógio badalou. Christopher se recompôs, o sorriso desapareceu. Ele soltou o desenho, pegou sua maleta e foi apressadamente para a porta, batendo na mesa ao se levantar. Um pequeno pote de mel, que tinha ficado aberto depois de Madeline ter tomado café, caiu ao seu lado. Sem se dar conta, Christopher saiu, batendo a porta ao passar.

Na cozinha, o pote de mel rolou por conta da vibração da batida da porta. O mel se espalhou por toda a mesa e pelo desenho de Pooh. Um momento depois, caiu no chão produzindo um forte barulho na silenciosa casa...

TRÊS

Pooh acordou resmungando e logo deu um espirro. Lentamente, abriu os olhos. O capuz vermelho estava torto em sua cabeça. Ao acordar completamente, deu uma boa espreguiçada. Ele sentia que tinha dormido por anos. Pooh tremia, sentia um frio diferente até que, lentamente, o calor começou a se espalhar por seu corpo. Sentando-se, ele farejou algo no ar. Algo que cheirava muito, muito bem.

– *Humm...* – ele disse. – Mel!

O cheiro fez com que ele se levantasse da cama e caminhasse até a cômoda, que estava no canto do quarto. A imagem do ursinho olhava de volta para ele a partir do espelho que ficava ao lado da cômoda. Ele inclinou a cabeça, arrumou o pelo bagunçado e o amassado gorro de dormir. Então, franziu o cenho. Alguma coisa parecia estar errada. Ele estava confuso. Mais confuso do que de costume.

– Esqueci o que tenho que fazer – ele disse, olhando para o quarto. Então, seus olhos brilharam quando ele viu o armário da cozinha. – Ah, sim! – ele exclamou, feliz. – Hora de ficar com fome com meu intenso exercício.

Curvando-se, ele começou a esticar as patas dianteiras, tentando tocar seus pés. Então, ele se levantava e repetia o movimento. Enquanto praticava seu intenso exercício, ele cantava:

Para cima, para baixo.
Quando me abaixo, toco o chão,
E fico bem.
Quando me abaixo, toco o chão,
E fico bem com fome.

Como sugerido, sua barriga fez um forte barulho. Sua rotina de exercício matinal estava cumprida e Pooh, ansioso, foi até o armário da cozinha. Ele abriu a porta e se encolheu diante do forte rangido que se seguiu. Se ele não fizesse a mesma coisa todos os dias, diria que não abria aquela porta há muito tempo. Mas isso seria impossível. Era o armário onde ele guardava o mel, e ele comia mel todos os dias. Terminando de abrir a porta, Pooh deu um sorriso diante dos diversos potes de mel que viu. Todos eles com etiquetas onde se podia ler MÉU. Sua barriga roncou de novo assim que ele pegou um dos potes. Mas, para sua tristeza, ao olhar dentro do pote, viu que estava vazio. Ele pegou outro e abriu. Vazio, também. Jogando-o para trás, ele pegou outro, e mais outro, e mais outro.

Estavam *todos* vazios.

– Puxa – Pooh disse. – Parece que alguém comeu todo o mel. – Ele levantou uma pata. – Mas sempre tem um pote para emergências guardado em algum lugar!

Com certeza, atrás do armário, atrás de mais outros potes vazios, encontrava-se um com uma etiqueta dizendo MÉU PAREMERGÊNCIA. O ursinho fechou os olhos e lambeu os lábios, ansioso por sentir o doce sabor dos deuses que faria sua boca e sua barriga tão felizes. Ele colocou a pata dentro do pote, mas, quando a tirou, viu que ela não estava coberta pela maravilha dourada. Não estava coberta por nada. Ele aproximou o pote de seu rosto e olhou para dentro dele, apertando bem os olhos, tentando ver se não havia ao menos uma gotinha de mel que, talvez, sua pata não tivesse alcançado. Ele foi chegando cada vez mais perto e *pop!*, de repente, estava com a cabeça inteira dentro do pote.

Por alguns momentos, Pooh ficou ali, tentando desentalar a cabeça. Por fim, com outro *pop!*, ela saiu. Grudado na ponta do seu nariz, um bilhete dizendo: POOH, EU ZOU UM POTE DE MÉU DEMERGÊNCIA. ASINADO, POOH.

Pooh fez uma careta. Sua barriga roncou, dessa vez ainda mais alto. Aquilo não era bom. Nada bom. Ele tinha se exercitado e, por isso, agora tinha muita, muita fome. Ele colocou a pata em seu Lugar de Pensamentos e começou a dar uns tapinhas suaves. *Mel, mel, mel.* Onde ele poderia conseguir mais mel? Até que uma ideia surgiu!

– Talvez o Leitão tenha um pote de emergência sobrando que ainda não tenha sido comido nem por mim nem por esse outro Pooh que veio antes e me deixou o bilhete.

Pooh apenas precisava ir até a casa de Leitão e perguntar se seu amigo poderia lhe ajudar.

Rapidamente, ele colocou sua camiseta vermelha e abriu a porta. Mas o ursinho parou assim que pisou do lado de fora. Não fosse por sua necessidade por mel, ele provavelmente teria preferido ficar dentro de casa. O dia estava cinza e sombrio. Uma densa névoa cobria o solo, dificultando que se enxergasse direito. E estava muito silêncio. Ao menos até a barriga de Pooh voltar a roncar. Hesitante, o ursinho avaliou suas opções: ficar em casa, evitar aquele dia gelado e ficar com fome; ou arriscar-se até a casa de Leitão e conseguir mel.

Ele não demorou para se decidir. Pooh seguiu pela névoa. Também não demorou para chegar à casa de seu amigo, na base de uma grande árvore. No entanto, embora a porta de madeira continuasse igual e a janela acima dela estivesse aberta, havia algo que fazia a casa de Leitão parecer muito vazia. A placa que ficava ao lado da porta, com os dizeres INVASORES, estava torta, e as letras gravadas nela eram difíceis de ler por conta do musgo que as encobria. Pooh hesitou. O local, como um todo, parecia... esquecido.

O ursinho seguiu adiante e bateu na porta:

– Leitão? – Pooh chamou. – Sou eu, Pooh. Você está em casa?

Nenhuma resposta.

Pooh abriu a porta e espiou. Era claro que Leitão não estava em casa. Ele franziu o cenho. Onde seu amigo poderia ter ido em um dia tão cinza? Mais uma vez, ele levou a pata ao seu Lugar de Pensamentos.

– Pense, pense, pense – ele disse para si mesmo. – Quem iria querer ficar sozinho em um dia assim?

Pooh parou de bater em sua cabeça. Era isso! Ninguém queria estar sozinho! Leitão certamente tinha ido encontrar seus outros amigos. Ele fechou a porta e voltou para o bosque enevoado. Na sequência, tentaria ir à casa de Ió.

Não foi nenhuma surpresa encontrar o Lugar Melancólico de Ió – como o chamava –, bem, como sempre, melancólico. E, no meio da névoa, ele ficava ainda mais sombrio. Tudo estava quieto, assim como na sua própria casa, e quando Pooh se aproximou da área pantanosa, viu que ela também estava em péssimas condições. Assim como a casa de Leitão.

– Ió? – Pooh chamou.

Não houve resposta. Seus amigos não estavam ali.

Talvez, ele pensou, saindo do pântano sombrio, tenham ido para a casa de Coelho. O Coelho sempre tem respostas para tudo. Talvez tenham ido perguntar por que o Bosque dos Cem Acres parece tão... bem, abandonado. Mas, quando chegou à casa de Coelho, ela também estava vazia.

– Coelho! – Pooh gritou. – Tenho uma pergunta! – Em geral, isso fazia Coelho sair da toca imediatamente.

O peludo e experiente animal adorava ser quem contava as coisas aos outros. Só que, dessa vez, Coelho não apareceu, e quando Pooh colocou a cabeça dentro da sua toca – a mesma em que acabou preso mais de uma vez – viu que ela estava tão vazia quanto a casa de Leitão ou de Ió.

– Poxa – o ursinho murmurou. – Onde está todo mundo?

E, assim, Pooh seguiu pelo Bosque dos Cem Acres. Não importava onde ele fosse, não conseguia encontrar ninguém.

– *Olá?* – ele chamava enquanto caminhava. – Tem alguém aí? Can? Guru? Tigrão? Corujão?

TRÊS

Ninguém respondia. A única voz que ele escutava era a sua própria, ecoando por todos os lados. Pooh envolveu os braços em torno de si, tremendo. Depois, puxou a camiseta vermelha para baixo. O que teria acontecido aos seus amigos?

Pooh não sabia o que fazer. Sempre que havia um problema, seus amigos o ajudavam a solucioná-lo. Mas, agora, ele tinha um problema e não tinha amigos. O que ele deveria fazer? Se ao menos Christopher Robin estivesse por perto, ele poderia ajudar. E, pensando nisso, onde andaria Christopher Robin? Pooh não o via há muito tempo...

Repentinamente, em meio à névoa, Pooh viu um pouco de cor. Uma rajada de vento soprou e a cor se tornou mais nítida. Verde. Ele estava diante de uma porta verde no pé de uma grande e antiga árvore. Mais uma rajada de vento e a porta se abriu, com um forte rangido. Pooh sorriu. Ele conhecia aquela porta!

– A Porta Por Onde Christopher Robin Chega! – ele se inclinou para a frente. A pintura verde estava descascando e a porta, em si, estava coberta de trepadeiras, com muitas folhas em sua base. – Christopher Robin, você está aí? – Pooh chamou.

Como se fosse uma resposta, o vento veio forte mais uma vez. A porta se abriu completamente.

Pooh esqueceu o medo que sentia e seguiu adiante, pela escuridão.

– Christopher Robin? – ele chamou outra vez. – Sou eu, Pooh. Você, enfim, voltou para casa? – Nenhuma resposta. Recuando, Pooh bateu em seu Lugar de Pensamentos mais uma vez. – Pense, pense, pense – ele murmurou. *O que fazer? O que fazer?*, ele pensou em seus amigos desaparecidos. Então, Pooh pensou na porta que acabara de aparecer. Pensou em mel... mas apenas por um segundo. E se deu conta de que sabia o que precisava ser feito. Ele precisava encontrar Christopher Robin! – É isso! – ele disse, triunfante. – Christopher Robin vai me ajudar a encontrar os outros, ou ajudar os outros a me encontrar. Essa será a ordem de encontrar as coisas.

Afastando os galhos de trepadeira e as folhas, Pooh respirou fundo e, antes de ter tempo de sentir medo, passou pela porta e seguiu pela escuridão.

✱ ✱ ✱

Um momento depois, a cabeça de Pooh saiu por um buraco em um antigo tronco de árvore. O ursinho olhou em volta. Ele podia ver o lado de fora, mas não estava mais no

Bosque dos Cem Acres. Ao menos não havia mais nevoeiro e o sol estava brilhando. Além disso, ele podia ouvir os pássaros cantando pelo céu. Pelo que viu, Pooh percebeu que estava em um jardim, e não mais no meio do bosque.

– Christopher Robin? – Pooh chamou. – Olá?

Não houve resposta. Depois de forçar para que o restante de seu corpo saísse de dentro do tronco, Pooh começou a andar, sem rumo. Se era pela porta verde que Christopher Robin sempre aparecia, ele achou que parecia fazer sentido que *estivesse* em algum lugar ali perto. Portanto, Pooh precisava procurar por ele.

Ele percorreu todo o jardim, olhando atrás dos arbustos e das fontes. Nada de Christopher Robin! Logo ele chegou a uma casa muito grande, cheia de portas e algumas janelas. Mas, ainda assim, não encontrava sinal de Christopher Robin. Ao ver um portão verde, ele se aproximou e o abriu. Do outro lado do portão, uma trilha contornava o jardim.

– Se eu fosse Christopher Robin – o ursinho começou a se perguntar, seguindo pela trilha –, onde eu estaria?

Ao chegar ao final da trilha, Pooh parou por um momento. Ele não sabia ao certo o que fazer. Ele sabia que Christopher Robin tinha que estar em algum lugar por ali, porque ele tinha usado a mesma porta pela qual *Christopher* sempre saía. Mas Pooh nunca havia saído do Bosque dos Cem Acres, e ele estava um pouco assustado. E com fome. Era difícil pensar com clareza com a barriga roncando. Foi então que duas garotas passaram na sua frente.

Elas pareciam ter a mesma idade de Christopher. Talvez estivessem indo visitar seu amigo. Pooh começou a segui-las. Enquanto caminhava, começou a ver umas engenhocas que se moviam sobre rodas e que faziam um barulho muito alto ao passarem do seu lado. Ele perdeu as garotas de vista e, de repente, se viu circulando no meio das longas pernas de garotos e garotas muito altos.

— Esse bosque é muito agitado — ele observou, parando enquanto as pessoas à sua volta seguiam se movendo. — Quem está atrás de toda essa gente?

Apesar de Pooh estar prestando atenção em tudo e em todos, ninguém parecia se dar conta de sua presença. Isso até ele ficar cara a cara com um grande cachorro. A criatura ergueu o focinho e latiu.

— Estou procurando por Christopher Robin — Pooh disse, sem se dar conta de que o cachorro não estava contente com sua visita. — Você sabe onde ele está? — Como resposta, o cachorro latiu ainda mais alto. Então, Pooh viu uma cenoura enorme em um carrinho a uma certa distância do cachorro.

– Oh – ele disse, entendendo o comportamento do cachorro imediatamente. – Você também está com fome? – O ursinho pegou a cenoura e a entregou ao cachorro, que abanou o rabo e começou a comê-la. Pooh sorriu. – Preciso apresentar você ao meu amigo Coelho. Se eu conseguir encontrá-lo.

Despedindo-se do cachorro, que agora estava feliz, Pooh seguiu pela rua. Ele queria encontrar seu amigo desesperadamente. Mas não importava onde procurasse, não havia sinal de Christopher Robin. Ele olhou atrás do grande hidrante vermelho. Espiou pelas portas abertas – nenhuma delas verde. Conferiu embaixo de uma mesa que tinha três chapéus pretos sobre o tampo, mas tudo o que encontrou foram flores falsas e muitos buracos na madeira. Quando passou a cabeça por um dos buracos, se deparou com um grupo de crianças que observava um homem estranho, com uma capa, que fazia movimentos esquisitos com as mãos. Ao ver Pooh, as crianças gritaram de alegria.

– Ah, puxa... – ele disse, abaixando de novo a cabeça e saindo dali por debaixo da mesa.

Quando Pooh estava começando a perder as esperanças de conseguir algo dessa sua aventura, uma abelha passou voando acima dele. Como resposta, sua barriga roncou fortemente.

– Olá, abelha – ele disse, realizado. – Poderia me dizer, por favor, onde há uma árvore de mel? – O ursinho virou a cabeça para não perder o inseto de vista e começou a segui-lo. A abelha ziguezagueava pelas ruas. Pooh tentava acompanhá-la, mas quase perdeu seu rastro diversas vezes, tendo que se abaixar e desviar por causa das pessoas que lotavam a calçada. Por fim, a abelha passou por cima de uma cerca, sumindo no mesmo jardim por onde Pooh havia começado sua busca, não muito tempo antes. – Oh – ele disse, um pouco decepcionado.

Sua barriga roncou. E roncou de novo, mais alto. Pooh sabia que devia continuar procurando Christopher Robin, mas estava começando a se sentir fraco. Ele não podia prosseguir. A menos que encontrasse um pouco de mel. Ou tirasse um cochilo. Ao abrir o portão, ele entrou mais uma vez no jardim e foi até a maior sombra de árvore que pôde encontrar. O ursinho se abaixou, apoiando-se contra seu tronco. Sim, era disso que ele precisava. Pooh apenas descansaria seus olhos por um momento. Então, depois de tirar sua soneca, continuaria sua busca por Christopher... e por mel.

* * *

TRÊS

Christopher se levantou e espreguiçou, estalando as costas. Ele estava curvado sobre sua mesa desde que havia chegado à Malas Winslow naquela manhã, sem nem mesmo parar para almoçar ou ir ao banheiro. Infelizmente, todo esse trabalho duro havia resultado em pouco progresso. Ele não estava nem perto de conseguir cortar os gastos. E, pela aparência de exaustão e derrota visível em seus companheiros de equipe, que também estavam curvados sobre suas mesas, eles tampouco haviam conseguido algum avanço. Christopher, então, mandou todos para casa e decidiu ir embora também. Tudo o que queria era ir para casa, tomar alguma coisa e cair na cama.

Mas, para sua tristeza, ao descer do ônibus de dois andares, na frente de sua casa, Christopher viu que seu vizinho, Cecil, estava na rua. Ele estava atrás de Christopher há meses para que terminassem uma partida de xadrez que haviam começado em uma festa. Christopher cometeu o erro de deixar o jogo inacabado e, ao que parece, Cecil não gostava de coisas pela metade. A última coisa que Christopher queria depois do dia que tinha tido era jogar alguma coisa com Cecil. Rapidamente, então, ele se abaixou e passou pelo portão verde que levava ao jardim de sua casa.

Perdido em seus pensamentos, Christopher caminhou pelo jardim e sentou-se no banco que ficava sob a maior árvore dali. Ele abaixou a cabeça entre as mãos. Do outro lado da árvore, o ursinho Pooh acordou de seu cochilo. Ao perceber que continuava com fome, e acreditando ainda estar longe de encontrar seu amigo, ele também apoiou a cabeça nas patas.

– O que eu faço? – Christopher disse, com um suspiro.

– É uma boa pergunta – Pooh disse, respondendo à pergunta que não tinha sido feita a ele.

Christopher ergueu a cabeça. Aquela voz! Ele conhecia aquela voz. Ao se virar, arregalou os olhos:

– Pooh?!

– Christopher Robin! – Pooh gritou de volta, muito mais feliz que Christopher.

Levantando-se imediatamente, Christopher começou a se afastar.

– Não, não, você não pode estar aqui – ele disse, com as mãos para o alto. – Você não pode estar aqui! Isso não pode estar acontecendo.

Christopher começou a andar de um lado para o outro. Tinha de haver uma explicação racional e sensata para o seu amigo de infância, um ursinho falante, aparecer repentinamente em seu jardim. Talvez o sanduíche que havia comido mais cedo, enquanto analisava os papéis, estivesse estragado. Ele nem tinha olhado para o que estava comendo. Mas se fosse o sanduíche, ele deveria estar ruim do estômago e não da cabeça. Ele continuou pensando. Alguma coisa no ar? Ele poderia estar sonhando? Christopher se beliscou. Não, não era um sonho. Então, ele entendeu:

– É o estresse – ele reconheceu em voz alta. – Estou exausto. Meu Deus. Evelyn me alertou. – Ele começou a dar a volta no banco, mas não foi uma boa ideia. Christopher acabou cara a cara com Pooh. O ursinho sorriu para ele, contente. – Devo ter batido a cabeça. Só pode ser isso.

– Não vejo nenhum machucado – Pooh disse. Ele ergueu uma pata e, suavemente, tocou a mão de Christopher. – Talvez algumas rugas.

O comentário era tão simples e tão característico de Pooh que Christopher precisou se sentar quando se deu conta de que aquilo realmente podia estar acontecendo. Seu amigo de infância *estava* ali. Na sua frente. A sensação da calorosa pata em sua mão apenas reforçou o pensamento. Quando Pooh tocou a mão de Christopher, ele se sentiu de volta ao Bosque dos Cem Acres.

– Pooh? – ele finalmente disse, ao recuperar a voz, que tremia de surpresa e de susto. – Você está mesmo aqui? Como você está, Pooh?

– Bem, eu passei pela Porta Por Onde Christopher Robin Chega. E aqui estou. – Pooh respondeu com absoluta inocência, como se fosse a explicação mais óbvia do mundo.

Christopher se viu concordando até se lembrar de algo:

– Mas a árvore da qual me lembro ficava atrás da casa de campo, não aqui em Londres.

– Acho que ela fica onde tem que ficar – Pooh respondeu, encolhendo os ombros.

Ainda sem saber como acreditar em tudo aquilo, Christopher deu a volta na grande árvore. Ele olhou para suas raízes. Olhou para os galhos. Olhou para todos os lados.

– Mas não há nenhuma abertura – ele disse, por fim. – Não há nenhuma porta.

– Oh? – Pooh se encolheu de novo. – Talvez não precisemos mais dela.

– Essa é uma explicação boba – Christopher retrucou.

– Ora, obrigado – Pooh sorriu, orgulhoso. Mas logo ele se deu conta da expressão séria de seu amigo e da maneira como ele tinha os braços cruzados enquanto continuava inspecionando a árvore. – Você está feliz em me ver, Christopher Robin? – ele perguntou, suavemente.

TRÊS

A pergunta chamou a atenção de Christopher. Era uma pergunta tão profunda vinda de seu amigo que, geralmente, não era muito profundo. Ele se virou e olhou para o ursinho. Os olhos grandes de Pooh olhavam para ele. Um calor começou a se espalhar à medida que as antigas lembranças de Christopher vinham à tona em sua mente. Ele, então, percebeu que estava feliz em rever seu velho amigo. Ao menos tão feliz quanto conseguia estar atualmente. Ele abriu a boca para dar a resposta a seu amigo mas, de repente, escutou o som de passos. Um minuto depois, Cecil Hungerford virou a esquina.

– Olha só quem está aqui! – seu barulhento vizinho o chamou.

Muito rapidamente, Christopher conseguiu esconder Pooh embaixo de seu grande sobretudo. Então, colocou seu chapéu na cabeça do ursinho. Infelizmente, Pooh não gostou muito de seu esconderijo e começou a se debater entre os braços de Christopher, fazendo com que o sobretudo se mexesse.

– O que você está escondendo aí? – Cecil quis saber, aproximando-se e tentando olhar dentro do sobretudo do vizinho.

Christopher se virou, para que Pooh ficasse mais longe dos olhos curiosos de Cecil.

– É só um gato – inventou naquele mesmo momento. – Um gato, exatamente. Acabamos de pegar.

– Ooh – Cecil disse, ainda mais interessado, para desespero de Christopher. – Posso ver? Eu adoro gatos.

– Não, esse não – Christopher se apressou em dizer. Cecil era incorrigível. Por que ele não pegou a deixa e foi embora? – Esse é um gato horrível, doente. E ele morde. – Por fim, isso pareceu funcionar e Cecil deu alguns passos para trás. Christopher fez o mesmo e, então, os dois ficaram a uma boa e estranha distância. A caminho de sua casa, Christopher disse por sobre o ombro: – Tenho que levá-lo para dentro para que tome seu leite. Estou tentando reabilitá-lo.

Dentro de seu sobretudo, Pooh, que havia parado de se mexer por um momento, distraindo-se com um zíper, voltou a se agitar.

– Você está me sufocando! – o ursinho gritou.

A reclamação saiu abafada, mas foi alta o suficiente para que Cecil escutasse:

– O que...? – o vizinho perguntou, confuso.

Christopher tentou não resmungar. Aquele encontro precisava terminar. Rápido.

– Fui eu – ele explicou rapidamente. – Às vezes minha voz sai assim. – Christopher limpou a garganta e disse as próximas palavras com a voz o mais parecida possível com a de Pooh. – Você está me devendo... aquela partida de xadrez.

A explicação foi péssima, mas aparentemente funcionou e Cecil por fim foi embora depois de uma última olhada para Christopher (e para seu sobretudo).

– Amanhã, então – ele disse por sobre o ombro. – Afinal, temos todo o fim de semana.

Christopher concordou, já começando a pensar na desculpa que daria para escapar do jogo com o qual havia se comprometido e correu para dentro de casa.

QUATRO

– Isso está muito bom – disse Pooh com a boca cheia de mel. – Tem certeza de que não quer um pouco, Christopher Robin?

Christopher olhou para a mesa da cozinha. Ela estava cheia de potes de mel vazios. Eram potes grandes, pequenos, decorados e simples. Não importava de onde vinha o mel, quando o Ursinho Pooh encontrava um pouco, ele comia. Enquanto o ursinho parecia estar completamente tranquilo com sua presença em Londres, ou com o quase encontro com Cecil, Christopher, por sua vez, estava simplesmente enlouquecendo.

Ele havia passado os últimos trinta minutos, enquanto Pooh comia, tentando entender tudo aquilo. Ele não sabia o que estava acontecendo e nem o porquê. Mas Pooh era real e não havia dúvidas de que realmente estava ali. E apesar de parecer *um pouco* mais gasto, ele era, sem dúvida, o ursinho da infância de Christopher.

– Pooh – ele, então, fez a pergunta que não parava de passar por sua cabeça: – Como você me reconheceu? Já se passaram tantos anos.

– Oh, você não mudou nada – Pooh disse, sem tirar os olhos de seu pote de mel.

– Eu mudei *muito*! – Christopher reagiu.

E era verdade. Ele era um garoto quando foi embora do Bosque dos Cem Acres. Um garoto jovem e inocente que acreditava no impossível e que não passava os dias se preocupando em cortar gastos e encontrar a maneira mais eficiente de comandar sua equipe.

O ursinho balançou a cabeça.

– Não aqui – Pooh ergueu a cabeça e apontou para os olhos de Christopher, tocando seu rosto. Mel escorreu pela bochecha de Christopher e caiu no chão. – Ainda é você olhando através deles.

Christopher suspirou. Não seria bom se fosse verdade? Mas não importava o que o adorável e carinhoso ursinho dissesse, ele *tinha* mudado. E ao ver as gotas de mel no chão e a bagunça que Pooh fez ao descer do banco, pisando no mel, ele percebeu que as mudanças não tinham sido boas. O Christopher Robin que Pooh conheceu no Bosque dos Cem Acres teria pulado junto com seu amigo sobre o mel. Em vez disso, a bagunça agora o deixava louco e ele se viu indo rapidamente até a pia para limpar o rosto antes de seguir o ursinho.

Sem perceber que suas patas estavam deixando pegadas de mel, Pooh – que finalmente estava se sentindo cheio e, portanto, com energia – começou a explorar a casa de Londres. Ele saiu da cozinha e passou pela sala de jantar antes de chegar à biblioteca. Pooh ergueu uma pata, passando-a pelas estantes de livro à medida que caminhava.

– Esse lugar é muito grande – ele comentou. – Você mora sozinho?

Christopher limpava os livros, freneticamente.

– Não – ele respondeu, balançando a cabeça antes de fazer uma pausa. – Bem, nesse momento, sim. Mas em geral, não. Minha mulher e minha filha foram passar o fim de semana no campo. – Christopher achou estranho contar ao ursinho que tinha mulher e filha.

– Por que você não está com elas? – Pooh perguntou.

A revelação de que Christopher era pai e estava casado não pareceu surpreender o ursinho. Enquanto esperava por uma resposta, Pooh foi para a sala de estar e pisou direto no elegante tapete no qual Evelyn havia gasto uma boa quantia. O tapete começou a se arrastar atrás dele, grudado às suas patas.

– Precisei ficar para trabalhar – Christopher respondeu. – Acho que a pergunta certa aqui seria por que *você* não está no campo.

Enquanto falava, Christopher se abaixou e puxou o tapete, soltando-o das patas de Pooh, fazendo o ursinho cair para a frente. Pooh caiu com a cabeça no braço de cobre do gramofone da família. Um disco começou a tocar.

– Porque – Pooh disse, sua voz abafada pela música – não encontrei Ninguém. E eu procurei em Toda Parte.

Christopher soltou a cabeça do ursinho do gramofone. Pooh olhou para ele, claramente sem se incomodar com o incidente com o aparelho musical, mas muito irritado com o desaparecimento de seus amigos.

– Mas eu não sei para onde eles foram – Christopher disse, suavemente. – E, mesmo se eu soubesse, o que eu poderia fazer, Pooh? – Ele bocejou involuntariamente e olhou para o relógio sobre a mesa. – Está ficando tarde, eu estou cansado e...

Um ronco preencheu o ambiente. Ao se virar, Christopher viu que Pooh havia adormecido em uma cadeira.

Christopher se aproximou e observou seu amigo de infância. Ele parecia tão sereno e doce, sem nenhuma preocupação no mundo. *Quando foi a última vez que dormi assim?*, Christopher pensou, pegando Pooh em seus braços e levando-o para o quarto de Madeline. Com uma das mãos, ele afastou o edredom e colocou o ursinho na cama. Pooh murmurou algo antes de virar para o lado e voltar a roncar ligeiramente.

Por um momento, Christopher apenas ficou ali. Ele não conseguia se lembrar da última vez que havia observado sua própria filha dormir. Ele sempre chegava em casa tão cansado. Ou preocupado. Nunca lhe ocorreu se dar o tempo para desfrutar a inocente paz de uma criança dormindo. E, apesar de Pooh não ser tecnicamente uma criança, era realmente muito inocente. Enquanto o observava, Christopher foi tomado por pensamentos de sua própria infância, pensamentos que remetiam à maravilhosa sensação de cair na cama depois de um dia de brincadeiras no bosque com Pooh e os outros, de se encolher sob as cobertas enquanto ouvia sua mãe lendo uma história... Ele dirigiu os olhos para a estante de livros de Madeline e, ao fazê-lo, encontrou a caixa que a filha havia encontrado no sótão.

Aproximando-se em silêncio, Christopher abriu a caixa e começou a ver o que estava em seu interior. Havia algumas sementes, um graveto, um pedaço de tecido que ele *achava* ser de um cobertor. Mas o que mais ocupava espaço na caixa eram os desenhos. Um a um, ele pegou os papéis e um sorriso se abriu em seu rosto à medida que aquelas figuras familiares o encaravam a partir dos desenhos. Logicamente, havia muitos desenhos de Pooh. Mas também havia desenhos de Ió, com sua expressão chateada. E o pequeno Leitão. Desenhos de Coelho e de Corujão, de Tigrão, Can e Guru. A cada desenho, as lembranças do Bosque dos Cem Acres ficavam mais fortes, assim como as das aventuras que havia vivido com seus amigos.

Um resmungo de Pooh chamou a atenção de Christopher. Tremendo, ele derrubou o desenho que estava segurando, que caiu no chão. Certo de que estava mais do que na hora de ir dormir, Christopher seguiu seu caminho rumo à porta. Apagou a luz e olhou uma última vez para seu amigo:

– Boa noite, Ursinho Pooh – ele sussurrou. *Senti sua falta*, ele acrescentou em silêncio.

Indo para seu próprio quarto, Christopher deitou-se na cama e apagou a luz. Tinha sido um longo dia e, apesar de achar que seria impossível dormir com todos os pensamentos que estavam em sua mente, caiu no sono assim que sua cabeça tocou o travesseiro.

* * *

Um forte barulho fez Christopher acordar. Enquanto esfregava os olhos, que ainda estavam embaçados de sono,

QUATRO

ele ouviu o barulho mais uma vez, só que mais alto. *O que é isso?*, ele pensou, tentando entender de onde vinha o barulho. Eles não estavam perto de nenhuma linha de trem. E ele não sabia de nenhuma construção nas redondezas. Mais uma vez, o barulho começou, agora ainda mais alto. Não fosse pelo macio colchão sobre o qual estava deitado, Christopher acharia que estava de volta ao campo de batalha.

Christopher resmungou quando sua visão se ajustou e ele viu que o barulho, na verdade, não era feito por aviões de guerra sobrevoando a área e, sim, pelo Ursinho Pooh. Parecia que, no meio da noite, o ursinho tinha saído da cama de Madeline e vindo para a sua. A cara de Pooh estava apoiada contra o ombro de Christopher.

O barulho se repetiu e acordou o dorminhoco ursinho. Virando-se e praticamente se sentando na cara de Christopher, Pooh se espreguiçou.

– Hora de ficar com fome com meus intensos exercícios – ele declarou. Claramente, a mudança de cenário não o incomodava o suficiente para atrapalhar sua rotina matinal. – Para cima, para baixo, para cima, para baixo... – A cada movimento para baixo, o ursinho levantava seu rabo diante da cara de Christopher e sua barriga roncava.

– Você já está com fome, Pooh? – Christopher perguntou, tentando evitar encarar o traseiro peludo do amigo.

Pooh parou e escutou sua barriga, que roncava, antes de responder, assentindo:

– Ah, sim! – ele concordou e saltou da cama.

Christopher se largou sobre o travesseiro e assistiu o ursinho sair do quarto e desaparecer descendo as escadas. Por um mágico momento, o quarto principal ficou em paz e em silêncio.

CRÁS!

Christopher deu um salto, levantando-se da cama quando ouviu mais alguma coisa se quebrando no andar de baixo. Sem nem se incomodar em amarrar o roupão, ele desceu as escadas e entrou na cozinha. A origem do barulho ficou imediatamente óbvia. Uma das prateleiras da cozinha havia se quebrado e caído no chão. E no meio da bagunça, com a aparência tão inocente quanto a de um recém-nascido, estava Pooh.

– Sua escada está quebrada – ele disse.

Christopher balançou a cabeça e se abaixou para arrumar a bagunça que Pooh tinha feito.

– Isso não é uma escada, Pooh – ele disse. – É uma *estante*.

– Isso explica por que ela não é boa como escada – Pooh disse, concordando.

– Não tenho tempo para isso agora – Christopher resmungou, suspirando. Ele jogou os restos dos potes quebrados no lixo. – Eu deveria estar trabalhando. Preciso encontrar uma

QUATRO

solução. – Então, ele disse mais para si mesmo do que para o ursinho: – Apesar de eu achar que será impossível.

Christopher abriu um pote de mel – o que foi uma surpresa, porque ele achou que Pooh tinha comido todo o estoque na noite anterior. O ursinho encolheu os ombros:

– As pessoas dizem que Nada é impossível – ele disse, sua pata dentro do pote. – Mas eu faço Nada todos os dias.

– Ai, Pooh. Não é... deixa pra lá – Christopher disse, acenando. Ele sabia que seria inútil tentar se explicar, ou explicar suas motivações para o ursinho. Mas mesmo assim ele se viu fazendo exatamente isso. – Olha, agora eu sou um adulto. Tenho responsabilidades. Não posso ficar me distraindo. E é por isso que eu realmente preciso levar você para casa.

– Mas como? – Pooh perguntou.

Christopher sentiu uma pontada de culpa. Ele percebeu que Pooh tinha vindo até ele para pedir ajuda e que estava decepcionando enormemente seu velho amigo. Mas ele não podia perder o fim de semana. Ele *não* tinha ido viajar com sua família para *poder* trabalhar. Perder tempo com os problemas de Pooh era uma besteira, para ser claro e direto. Ainda assim... *talvez* ele devesse tentar ajudar.

CRÁS!

Mais uma prateleira caiu no chão, e com ela um saco de farinha que fez subir uma nuvem branca pelo ar, deixando Christopher imundo. Não. Ele estava certo antes. Então, pegou Pooh em seus braços e começou a subir as escadas. Ele precisava se trocar. E depois iriam para Sussex, devolver Pooh ao Bosque dos Cem Acres.

CINCO

Logicamente, conduzir um ursinho falante pelas ruas de Londres não era exatamente fácil. Percorrendo as ruas com a maleta em uma mão e Pooh embaixo do outro braço, Christopher se arrependeu de não ter pegado um táxi até a estação de trem. Parecia que todas as pessoas estavam na rua, desfrutando o sol da manhã. E ele precisava se encolher e desviar o tempo todo para seguir seu caminho. Resmungando, Christopher tentava chamar o mínimo de atenção possível.

Pooh, por sua vez, fazia exatamente o oposto.

– Quanto barulho – Pooh disse, contorcendo-se. Sua cabeça ia de um lado para o outro, acompanhando os carros, as pessoas, o movimento constante. – E não é um barulho agradável – ele acrescentou quando passou um ônibus de dois andares, especialmente barulhento e soltando muita fumaça.

– Bem-vindo a Londres – Christopher disse.

Ao ver um homem que se aproximava, Pooh acenou:

– Olá! Você também é um explorador?

O homem, surpreso, olhou para o ursinho e seguiu em frente... dando com a cara direto em um poste.

Christopher se encolheu e colocou a mão sobre a boca de Pooh, entrando em uma das tradicionais cabines telefônicas de Londres. Ele colocou o ursinho sentado sobre o telefone e, apontando um dedo para seu amigo, disse:

– Olha. – Seu tom de voz era sério. – As pessoas não podem ver você se movendo ou falando.

– Mas por quê? – Pooh perguntou, parecendo realmente confuso. Christopher se movia e falava com as pessoas, parecia que era isso que se fazia em Londres.

Christopher suspirou. Era como tentar argumentar com uma criança. Ele se lembrou de quando Madeline, aos dois anos, não parava de perguntar *por quê?* Ele nunca tinha conseguido lhe dar uma resposta satisfatória naquela época, e duvidava que fosse capaz de explicar o que estava acontecendo naquele momento para Pooh. Mas precisava tentar. Ele não podia passar o resto de sua expotição, como dizia Pooh, tentando esconder o ursinho.

– Você é diferente – Christopher revelou, por fim. – E as pessoas não gostam do que é diferente.

– Oh – Pooh disse. – Então eu não deveria ser eu?

– Eu... não... eu... – Christopher gaguejou. – Não. Sempre seja você mesmo.

Pooh coçou a cabeça.

– Isso está muito confuso – reconheceu o ursinho. Logo depois, ele passou a mão em sua barriga. – Deve ser a fome.

Christopher quase caiu na gargalhada. E ele provavelmente cairia, se não estivesse em uma cabine telefônica tentando argumentar com um ursinho e recebendo olhares estranhos dos passantes que, por acaso, olhavam para dentro da cabine.

– Você acabou de comer! – ele o lembrou, exasperado.

– Ah, é mesmo – Pooh retrucou, contente por saber que não estava com fome. – Então, acho que comi demais.

Christopher ficou quieto. Eles estavam perdendo tempo. O que, obviamente, era algo que ele odiava.

– Não importa – disse Christopher. – Escute, por enquanto, seja apenas uma versão menos exuberante de você mesmo. – O ursinho olhava para ele, confuso. – Solte o corpo. O peso. Deixe braços e pernas moles – ele instruiu, demonstrando como se fazia.

Christopher abaixou a cabeça, deixando os braços dependurados. Então, soltou o corpo, caindo sobre uma das paredes de vidro da cabine. A pessoa que passava pela rua deu um salto diante do estrondo e olhou, confusa, para Christopher – e para Pooh –, antes de acelerar o passo e se afastar.

Se as coisas continuarem assim, Christopher pensou vendo Pooh tentando imitar seus movimentos, *a cidade inteira vai achar que eu estou louco*. Ele olhou para o ursinho. Ele tinha abaixado as orelhas, pendido o pescoço e deixado as pernas soltas. Ainda assim, parecia mais um urso de verdade do que um bichinho de pelúcia. E, naquela situação, Christopher precisava que ele parecesse um brinquedo.

– Já sei! – Christopher teve um estalo. – Vamos brincar de hora da soneca.

– Oh! – empolgou-se Pooh, batendo suas patas, feliz. – *Adoro* essa brincadeira!

E assim, do nada, Pooh ficou imóvel. E Christopher, satisfeito, notou que ele estava parecendo ser de pelúcia.

– Muito bem! – ele comemorou, pegando Pooh e colocando-o sobre o ombro. Christopher saiu da cabine telefônica e foi em direção à entrada da estação Victoria.

Por sorte, a estação não era longe e Pooh conseguiu controlar a curiosidade até quase chegarem ao trem. Então, ele abriu de leve um olho e espiou a estação. Não era muito diferente da rua. Só era mais escura e tinha o som mais abafado. O ursinho tinha começado a fechar o olho quando viu um vendedor de balões, oferecendo-os aos passantes. Os olhos do ursinho se arregalaram. Não havia nada que ele gostasse mais do que um balão bem brilhante!

– Oh! – ele murmurou no ouvido de Christopher. – Posso ter um balão para me acompanhar na viagem?

Christopher pediu silêncio ao seu amigo:

– Você não precisa de um balão – ele disse com o canto da boca, parecendo um péssimo ventríloquo.

– Eu sei que não *preciso* – Pooh reconheceu. – Mas eu gostaria. Gostaria muito, muito mesmo.

Christopher soltou um forte suspiro e foi até o vendedor de balões. Se ele havia aprendido algo desde que se tornara pai foi que dizer sim, às vezes, elimina diversos problemas. Se Pooh se parecesse um pouco com Madeline quando ela era menor, dizer não naquele momento levaria, muito provavelmente, a um chilique. E, nesse caso, poderia fazer com que Pooh não quisesse mais brincar de "hora da soneca". E isso era algo que Christopher queria evitar de qualquer maneira.

– Um balão, por favor – ele pediu ao vendedor.

– De que cor? – o homem perguntou.

– Vermelho! – Pooh disse antes que Christopher pudesse impedi-lo.

Por sorte, o vendedor estava virado, então não viu que a resposta tinha vindo do ursinho, e não do humano. Ele pegou o balão vermelho e o entregou a Christopher, que rapidamente o pagou e foi em direção ao guichê, para comprar a passagem. Sobre seu ombro, Pooh segurava o cordão preso ao balão e já tinha voltado a parecer um bichinho de pelúcia (mas agora um com uma aparência muito feliz e contente).

Satisfeito por ter conseguido evitar chamar atenção desnecessariamente, Christopher foi direto para o guichê.

– Ida e volta, por favor – ele pediu, ignorando o estranho olhar que o atendente lhe lançou ao colocar Pooh e o balão no chão para pegar sua carteira. O balão bateu em seu rosto e ele o afastou. – Para Hartfield, em Sussex – Christopher completou. O balão voltou a se colocar diante de seu rosto. – Posso ter um pouco de espaço aqui, por favor? – ele vociferou para baixo, na direção do ursinho. O balão se afastou um pouco. Christopher finalizou o pagamento e pegou suas passagens. Ao colocá-las na carteira, olhou para o relógio. Eles tinham conseguido.

CINCO

— Sai em apenas dois minutos — Christopher comentou. — Bom, não?

Não houve resposta.

Christopher baixou os olhos para onde Pooh *deveria* estar.

O ursinho — e o balão — haviam sumido.

✱ ✱ ✱

Pooh estava se divertindo muito. Como Christopher havia lhe pedido, tinha dado a ele um pouco de espaço e agora estava passeando pela estação de trem de Londres, observando a paisagem. O balão vermelho flutuava suavemente acima dele.

Quando viu um garotinho em seu carrinho, Pooh acenou, cumprimentando-o. Infelizmente, ele não imaginou o tanto que o garoto queria fazer um novo amigo. Ou ter um novo amigo. O menino agarrou Pooh e seu balão e colocou os dois dentro do carrinho com ele. Apesar de Pooh adorar ser carregado sempre que possível, ele começou a ficar preocupado de não conseguir encontrar Christopher Robin outra vez.

— É meu! — o garoto gritou quando um grande carrinho cheio de malas passou por eles.

Pooh se contorcia diante do abraço tão apertado do menino.

— Nós vamos ser amigos? — o ursinho perguntou, afinal. Ao sentir seu corpo esmagado, ele achou que esse não seria o caso.

Por sorte, quando Pooh já estava quase sufocando, Christopher se aproximou, correndo.

— Ele era meu antes! — Christopher disse, arrancando Pooh das mãos do menino.

— É verdade — Pooh disse, contente.

O garoto, no entanto, não pareceu satisfeito com o argumento. Ele pendeu a cabeça para trás e começou a berrar.

Ouvindo a gritaria, a mãe do menino, que estava de costas, conversando com um carregador de malas, se virou. Seus olhos mediram Christopher de cima a baixo enquanto ele abraçava Pooh fortemente contra seu peito e seu filho, que continuava chorando, tinha os braços estendidos na direção do ursinho.

— Pelo amor de Deus, você pegou o brinquedo do meu filho?

Christopher agarrou-se ainda mais a Pooh.

— Você não pode roubar o ursinho de um adulto! —

CINCO

ele deixou escapar, imediatamente, envergonhando-se de suas palavras.

Por sorte, no mesmo momento, um apito de trem ecoou pela estação:

– Última chamada para embarque! – gritou o condutor. – Última chamada!

Desviando da mãe do garotinho, que, agora, além de brava, estava também confusa, Christopher correu para a plataforma de onde seu trem partiria. O balão flutuava sobre ele durante a corrida.

– Você *deveria* estar brincando de "hora da soneca"! – ele disse para Pooh.

– Foi uma das minhas sonecas mais curtas – Pooh respondeu.

O ursinho estava pendurado de cabeça para baixo nas mãos de Christopher. Mas seus olhos se arregalaram quando ele viu um posto de venda de doces. Mesmo de cabeça para baixo, aqueles doces pareciam deliciosos. Como se tivesse pressentido os pensamentos de Pooh, Christopher segurou sua perna com mais força e acelerou o passo.

Um momento depois, Christopher entrou no vagão. Ele arfava, tentando recuperar o fôlego. Atrás dele, as portas se fecharam com uma forte batida. Christopher soltou um suspiro, aliviado. Eles tinham conseguido! Agora ele só precisava encontrar um vagão com mesas de trabalho e manter Pooh escondido até chegarem ao campo.

Mas quando Christopher tentou se mover, não conseguiu. Ao olhar por sobre o ombro, ele soltou um gemido. O maldito balão estava do lado *de fora* da porta – movendo-se incontrolavelmente!

Pooh se deu conta do que acontecera no mesmo momento e soltou um grito:

– Christopher Robin! – Em resposta, Christopher soltou o cordão do balão da pata do ursinho. – Mas é o meu balão! – Pooh protestou, vendo-o se afastar à medida que o trem ganhava velocidade.

– Agora ele se foi – disse Christopher. – Você não precisa dele.

Pooh fechou a cara e disse, melancólico:

– Mas ele me deixava muito feliz. Ele não deixava você feliz?

Christopher começou a andar pelo estreito corredor do trem.

– Na verdade, não – ele reconheceu, cansado demais para tentar fingir ser o garoto que havia sido. O homem que ele era agora estava exausto. Exausto e irritado. Ele só queria chegar ao campo e deixar Pooh em sua casa.

Então, sua vida poderia voltar ao normal.

SEIS

Christopher olhou para a pilha de papéis diante de si. Ele estava trabalhando naquilo desde que o trem saíra da estação Victoria, quase duas horas antes, e não estava nem um passo mais perto de encontrar uma solução do que estava antes. Ele tinha as mangas arregaçadas na altura dos cotovelos, seu cabelo estava todo bagunçado e ele tinha vários e dolorosos cortes de papel feitos com os pedaços coloridos que ele, esporadicamente, usava para indicar equações em sua agonia por encontrar números que permitissem manter a equipe intacta.

Suspirando, Christopher virou mais uma folha de papel. Nela, havia uma lista com os nomes dos funcionários. Ao ler a lista, riscou dois nomes. Na margem, escreveu *17%* e circulou o número. A caneta afundava no papel à medida que ele circundava o número diversas vezes. Aqueles não eram apenas nomes para ele: Christopher conhecia aquelas duas pessoas cujos nomes ele acabara de riscar tão insensivelmente. Ele conhecia suas famílias, sabia de onde vinham, o que gostavam de fazer. Ele suspirou mais uma vez.

– Você sempre tem uma mala com você?

A pergunta de Pooh fez Christopher se sobressaltar e o forçou a voltar a se concentrar. Ele olhou para o ursinho, que estava do outro lado da mesa. Ele havia estado ali, quieto – para surpresa de Christopher –, desde a partida de Londres. A maior parte do tempo, ele ficou olhando pela janela, apreciando a paisagem.

– Minha maleta? – Christopher perguntou, apontando para a peça de couro que estava aberta sobre a mesa. Ele assentiu. – Na maioria das vezes, sim.

– É mais importante do que um balão? – Pooh perguntou.

– Sim, é mais importante do que um balão – Christopher respondeu.

Aparentemente, o ursinho não estava olhando pela janela sem nenhum propósito.

– Entendo – disse o ursinho. – Então, é mais como um cobertor?

Christopher se segurou para não resmungar. Mais uma vez, ele se viu comparando Pooh e Madeline, quando mais nova. A sequência sem-fim de perguntas era uma graça no começo, mas ele sabia que, logo, aquilo se tornaria... bem... chato.

SEIS

– Claro – ele concordou, por fim, depois de ponderar sobre a dúvida de Pooh. – Está mais para um cobertor. – Christopher esperava que, ao concordar, conseguisse colocar um fim à conversa. Mas ele estava errado.

– E para que ela serve? – Pooh perguntou, olhando para a maleta mais de perto.

– Serve para guardar coisas importantes – Christopher explicou, fechando-a antes de as curiosas patas de Pooh começarem a mexer no que estava em seu interior.

Christopher voltou a prestar atenção em seus papéis e ficou surpreso ao perceber que Pooh o havia escutado. Por um momento, o vagão ficou em silêncio.

Mas só por um momento.

– Casa. Nuvens. Casa. Grama. – A voz de Pooh rompeu o silêncio. – Cachorro. Mais grama.

Christopher suspirou.

– O que você está fazendo? – Christopher perguntou, encarando de novo o ursinho. Pooh estava novamente olhando pela janela.

– Estou jogando um jogo – Pooh respondeu. – Chama "Diga o que você vê".

– Bem, e você poderia jogar sem fazer tanto barulho, por favor? – Christopher pediu.

Mais uma vez, ele se surpreendeu quando Pooh ficou quieto. E mais uma vez a paz não durou muito.

– Casa. Árvore. Grama. – Pooh continuava listando as coisas que via através da janela do trem. Em sua defesa, devemos dizer que estava falando um pouco mais baixo. – Árvore. Lagoa. Árvore. Não sei o que é isso. Arbusto. Homem. Casa...

Uma parte de Christopher, a parte que sentia uma forte dor de cabeça começando a se formar, queria pegar Pooh e mandá-lo ficar quieto. Mas outra parte dele sabia que aquilo não funcionaria. O ursinho apenas estava sendo ele mesmo. E ele *tinha* dito a Pooh para ser ele mesmo, então, não lhe parecia certo fazer algo contra isso. Com mais um suspiro, Christopher pressionou a ponte do nariz. Ele apenas podia esperar que o ursinho se cansasse daquele jogo quanto antes.

Voltando a atenção aos papéis que tinha à sua frente, Christopher continuou a fazer seus cálculos. Ele tinha ao menos mais uma hora até chegarem a Hartfield, em Sussex. Se ele se esforçasse, poderia conseguir algum avanço... ou ao menos era o que esperava.

* * *

Felizmente, ao menos de acordo com a perspectiva de Christopher, Pooh logo se cansou do seu jogo e acabou

SEIS

adormecendo, o que permitiu que Christopher trabalhasse sem interrupções. Ele estava curvado sobre seus papéis, fazendo mil anotações e cálculos. Ele checou e checou mais uma vez os números e as possibilidades. Analisou os dados por todos os lados, até seus olhos começarem a misturar tudo. Mas, no momento em que chegaram à estação em Hartfield, havia um grande número vinte escrito em vermelho no alto da folha.

Ele conseguira. Seria um terrível preço para alguns, mas ele fizera o que seu chefe havia pedido. Agora ele apenas precisava voltar para Londres e contar as novidades. Mas antes precisava deixar Pooh de volta no Bosque dos Cem Acres.

Quando o trem soltou seu alto apito e o vapor assobiou da locomotiva, Christopher pegou Pooh e o colocou sobre seu ombro. Com a outra mão, ele pegou a maleta e saiu pela porta do vagão. Para sua surpresa, e para a alegria de Pooh, o balão vermelho continuava ali, com o cordão preso entre a porta e a lateral do vagão. Pooh pegou o cordão e deu um grito de alegria. Christopher mal se deu conta do que aconteceu.

O percurso entre a estação e a casa sempre pareceu uma eternidade para Christopher quando criança. A ansiedade de chegar e ir para o bosque fazia com que os minutos parecessem horas. Naquela época, ele nem percebia a paisagem ou as belas casas pelas quais passavam. Havia apenas uma casa que ele queria ver, apenas um bosque que ele queria visitar.

Estranhamente, enquanto o táxi percorria as ruas campestres, ele se deu conta de que se sentia basicamente da mesma forma. Seu pé batucava sobre o chão e seus joelhos não paravam de subir e descer. Fazia anos que ele não voltava à casa de campo da família. Ele não podia evitar pensar em como se sentiria. Será que ela continuaria parecendo tão grande quanto antes? As árvores pareceriam menores? Teria tudo envelhecido do mesmo modo que ele?

O táxi virou na rua e o coração de Christopher acelerou. As árvores dos dois lados haviam crescido em altura e na espessura de seus troncos durante seus anos de ausência e, agora, cobriam o caminho, fazendo parecer como se estivessem passando por um túnel. Então, logo à frente, Christopher viu um foco de luz e a casa logo surgiu diante de seus olhos.

Christopher ficou sem ar. A casa não havia mudado nada. Ela continuava imponente e aconchegante ao mesmo tempo. Os jardins continuavam muito bem cuidados e a pintura parecia nova. Se ele não soubesse o tempo que havia passado, poderia jurar que estava de volta ao dia em que ele e sua mãe visitaram a casa depois da morte de seu pai.

Por um bom tempo, Christopher ficou imóvel no banco de trás do táxi. Ele sabia que tinha que descer, mas parte dele não queria correr o risco de estragar aquele momento de

SEIS

ilusão. Sabia que as coisas tendem a ser diferentes quando vistas de perto. Por dentro, a casa poderia estar caindo aos pedaços ou a pintura poderia estar toda descascada. No banco de trás do carro, Christopher poderia continuar em seu mundo de imaginação por mais um pouco de tempo. Mas, finalmente, com um suspiro, ele pegou Pooh e sua maleta, pagou o motorista e desceu.

Olhando para a janela da direita, ele viu as cortinas fechadas. Evelyn deveria estar usando o antigo quarto de seus pais. Na esperança de que o som do carro não chamasse sua atenção, Christopher rapidamente se abaixou, perto da lateral da casa.

– Nós vamos entrar? – Pooh perguntou, apontando para a casa enquanto seguiam rumo ao quintal.

Christopher colocou o dedo sobre os lábios e balançou a cabeça:

– Não – ele disse em voz baixa. – E precisamos fazer silêncio. Não podemos deixar que nos vejam. – Passando por uma janela, Christopher se abaixou e indicou que Pooh fizesse o mesmo: – Fique abaixado.

Apesar do aviso, Pooh continuou andando normalmente. Ao contrário de Christopher, o ursinho era pequeno o suficiente para passar por baixo da janela sem ser visto. Mas só porque quem olhasse pela janela não poderia vê-lo, isso não significava que ele não queria olhar *para dentro* da casa. Pooh parou ao lado da janela, ficou na ponta das patas e olhou pelo vidro.

– Quem é essa? – ele perguntou.

Segurando o grito, Christopher se virou para o ursinho.

– Pooh! – ele gralhou.

– Ela não pode ser Pooh – o ursinho disse, confundindo a bronca com uma resposta. – *Eu* sou Pooh.

Voltando até a janela, Christopher cuidadosamente espiou pelo peitoril, vendo o interior da casa. Evelyn estava na sala de estar, arrumando um belo buquê de flores em um vaso.

– Essa é Evelyn. Minha esposa – ele esclareceu, em voz baixa.

Apesar de Christopher a ter visto há apenas um dia, Evelyn parecia diferente. Mais feliz, talvez? Mais contente?

– Ela parece ser muito simpática – Pooh comentou.

– Ela é – Christopher disse, seu olhar sobre Evelyn.

Pooh seguiu até a próxima janela.

– E essa, quem é? – ele perguntou.

Christopher se virou e viu que Pooh tinha conseguido se apoiar e estava com quase metade do corpo acima do parapeito, claramente visível para quem olhasse de dentro da casa, pela janela. Abaixando-se mais uma vez, Christopher foi até o ursinho, desajeitado, e o puxou para baixo. Ao fazê--lo, ele viu sua filha, sentada em uma cadeira muito grande

SEIS

para seu tamanho, cercada de livros escolares. Sua expressão era séria, suas sobrancelhas estavam franzidas por conta de sua concentração para tentar entender o conteúdo do livro que tinha no colo.

– Essa é Madeline – ele disse a Pooh. – Minha filha.

A expressão de Pooh se iluminou e ele perguntou, inocentemente:

– Ela pode vir brincar com a gente?

Balançando a cabeça, Christopher afastou-se da janela para poder ficar de pé.

– Não! – ele respondeu. – Ela não pode.

Christopher gostaria de ressaltar que eles não estavam "brincando". Mas discutir semântica com Pooh parecia uma tremenda perda de tempo, então, em vez disso, ele seguiu caminhando para o fundo da casa. Pooh o seguiu.

– É por que você não gosta de brincar com ela? – o ursinho perguntou, enquanto caminhavam.

– Não – Christopher respondeu. – Mas ela está muito ocupada agora.

Pooh balançou a cabeça. Então, ele parou. Ele olhou para a maleta que Christopher continuava segurando em sua mão e, depois, de volta para a casa.

– Ela tem uma maleta, assim como você?

– Não! – Christopher retrucou, dando uma resposta mais

agressiva do que desejava. Sim, sua filha era estudiosa. Não, eles não brincavam muito. Mas isso queria dizer que ela não era uma criança normal? Não! Certamente, não. Tomando um tempo para respirar, Christopher buscou se acalmar. Ele sabia que estava sendo insensível, mas o que Pooh sabia do mundo real?

Como se quisesse provar seu ponto, Pooh ergueu o balão vermelho e disse:

– Você acha que ela gostaria do meu balão vermelho? Ele poderia deixá-la mais feliz.

Mais uma vez, Christopher sentiu a irritação aumentando. Dessa vez, ele não se conteve:

– Qual é o seu problema com esse balão? – ele resmungou, irritado. – A felicidade não está apenas nos balões. Madeline é feliz. E eu fico feliz por ela ser feliz. Agora, vamos, Pooh. – Mas quando dizia essas palavras, Christopher percebeu que não era Pooh a quem ele queria convencer. Era a si mesmo.

Por sorte, Christopher não pôde continuar a pensar a respeito, pois logo chegaram às margens do bosque. As árvores tinham formado uma cerca natural em torno da casa de campo dos Robin, seus grossos galhos pendendo sobre a grama bem aparada. No verão, esses galhos faziam sombras para piqueniques e, no outono, eram responsáveis por cobrir o chão com suas brilhantes folhas coloridas. Christopher

SEIS

costumava achar que a área entre a casa e o bosque era mágica – um lugar onde tudo era possível. Quando criança, ao desaparecer entre as árvores, Christopher podia deixar para trás suas preocupações e medos e se transformar no amigo e herói aventureiro que sempre quis ser.

Naquele momento, ao olhar para o bosque, Christopher foi tomado pela mesma sensação de ansiedade que sentia quando garoto, logo antes de desaparecer entre as árvores. Pooh o seguia. A trilha que ele costumava seguir estava coberta de mato, mas ele ainda sabia o caminho a percorrer mesmo depois de décadas de folhas caídas e grama alta. Ele sorriu, triste. Nem mesmo aquele local havia sido poupado dos efeitos do tempo.

Nem ursinho nem humano falaram no caminho para dentro do bosque. Perdidos em seus pensamentos, ambos observaram o sol passando pelos galhos sobre suas cabeças, salpicando de luz o chão. Os pássaros cantavam e alguns animais farfalhavam nas folhas. Era um lugar tranquilo e, apenas por um momento, Christopher sentiu o peso sobre seus ombros ficar mais leve.

Foi então que chegaram a uma antiga árvore, com o tronco oco. Enquanto tudo ali parecia maior e mais velho – e mais gasto, segundo Christopher –, aquela árvore parecia não ter mudado nada. O tronco continuava cinza e da mesma grossura, e suas iniciais, entalhadas tantos anos antes, continuavam ali. O *C* e o *R* tinham um ar infantil. Estendendo a mão, Christopher passou os dedos sobre o tronco, afetuosamente. Então, suspirou.

– Bem, Pooh – ele disse, virando-se para seu amigo. – Eu lhe trouxe para casa.

Pooh coçou a cabeça e perguntou:

– Você não vem comigo?

– Eu não posso – Christopher respondeu. – Eu preciso voltar para Londres.

– Mas eu preciso da sua ajuda – Pooh reclamou. – Eu perdi todos os meus amigos.

O ursinho encarou Christopher. Ele não conseguia entender essa nova versão de seu velho amigo. Seu velho amigo nunca o deixaria sozinho. Seu velho amigo teria adorado o balão vermelho. Seu velho amigo teria ficado animado de participar com ele dessa aventura. Esse novo Christopher não era nada divertido. Pooh suspirou. Ele sentia saudade de seu velho amigo Christopher Robin.

Ignorando o suspiro, Christopher encolheu os ombros.

– Talvez eles já tenham voltado – ele sugeriu, apesar de saber que não soava nada convincente. – E você pode contar a eles sobre a sua aventura.

– Isso seria legal – Pooh reconheceu, concordando.

– Então, vá em frente! – Christopher o encorajou.

Pooh hesitou por um momento. Ele queria dizer alguma coisa, talvez fazer Christopher mudar de ideia, mas o homem já estava olhando para o relógio e batendo o pé, ansioso por partir. Então, em vez de dizer qualquer coisa, Pooh passou seus braços pela perna de Christopher e o abraçou com força.

– Adeus, Christopher Robin! – ele se despediu, apertando ainda mais forte.

O gesto pegou Christopher desprevenido. Sem jeito, ele se abaixou e deu um tapinha nas costas de Pooh.

– Adeus, Pooh – ele disse. Christopher encaminhou Pooh para o buraco no tronco da árvore, com seu amado balão vermelho logo atrás dele.

Sem dizer mais nada, Pooh se abaixou e desapareceu pelo buraco. Christopher suspirou aliviado; ele tinha feito o que tinha que fazer. Agora podia voltar para a cidade e se concentrar em seu trabalho. Mas antes de virar para partir, ele viu o balão vermelho de Pooh. Ele estava flutuando diante da porta.

Abaixando-se, Christopher olhou para dentro do buraco no tronco da árvore. Pooh estava diante da porta verde que Christopher usava quando criança para chegar ao cantinho especial deles no Bosque dos Cem Acres. O ursinho estava agachado, imóvel.

— O que você está fazendo, Pooh? — Christopher perguntou, confuso. Ele achou que o ursinho estivesse ansioso para cruzar a porta e voltar para casa.

Pooh olhou para Christopher por sobre o ombro:

— Às vezes, se eu vou até Algum Lugar e espero, Algum Lugar vem até mim.

— Certo — Christopher disse, tentando entender a mensagem codificada do ursinho. Ele suspirou mais uma vez. Realmente não tinha tempo para aquilo. Tinha que voltar para a estação e pegar o primeiro trem para Londres. Christopher recuou, voltando a se postar novamente diante da entrada da árvore. — Bem, boa sorte com tudo. — Ele sabia que aquela era uma péssima coisa a dizer, pois não ajudava em nada, mas foi a única coisa na qual ele conseguiu pensar.

Pooh nem se deu ao trabalho de se virar para responder.

— Eu vou mesmo precisar de sorte — ele disse, sua resposta soando ainda mais triste dentro do tronco oco daquela árvore —, porque eu sou um ursinho não muito esperto.

— Bem, humm — Christopher balbuciou, sem saber ao certo o que dizer. — Bem, adeus — ele conseguiu dizer, por fim, saindo de dentro da árvore. Ao se levantar, Christopher bateu no balão vermelho, que continuava flutuando. Ele o empurrou para dentro do buraco. Mais uma vez, ele começou a se afastar. E, mais uma vez, ele não conseguiu evitar parar e olhar para trás.

O balão vermelho continuava ali, no ar, na frente da entrada que levava à porta verde. Pooh ainda não havia atravessado para o outro lado.

Christopher se sentiu culpado. Ele sabia que, se fosse embora naquele momento, o Ursinho Pooh ficaria sentado ali por muito tempo. E um pouco mais. E mais um pouco, esperando que "Algum Lugar" viesse até ele. Mas Christopher sabia que isso não ia acontecer. E ele não podia simplesmente deixar o ursinho ali. Pooh era seu amigo. Ele tinha ido atrás dele em Londres. Ele precisava de sua ajuda. Christopher respirou fundo. O trabalho precisaria esperar. Naquele exato momento, ele tinha um amigo precisando de ajuda para ir para casa, e ele não iria abandoná-lo. Não de novo. Christopher pegou sua maleta e a colocou debaixo do braço.

– Cuidado, Pooh! – ele disse, agachando-se para entrar na árvore. – Estou chegando!

Christopher Robin estava voltando para o Bosque dos Cem Acres.

SETE

No entanto, havia um pequeno probleminha com o plano de Christopher de voltar ao Bosque dos Cem Acres. E esse problema era a porta verde dentro do tronco oco da árvore. A porta era a mesma que Christopher usava quando criança, mas Christopher não era mais o mesmo. Ele não era mais um garotinho magro, de ombros e quadris estreitos. Agora ele era um adulto de ombros largos e com um pouco de barriga.

E foi exatamente por isso que ele se viu entalado na porta: a parte de baixo de seu corpo de um lado, a parte de cima, de outro. Ele não pôde evitar pensar que aquela era uma situação razoavelmente comum para Pooh.

O ursinho, que tinha passado pela porta verde primeiro, virou-se e olhou para seu amigo. Ele viu a parte de cima de Christopher e ficou procurando onde estaria a parte de baixo. Ao se dar conta de que não a encontrava, ele coçou a cabeça e perguntou:

— Você está entalado?

— Parece que sim — Christopher respondeu, com a voz esganiçada, já que a porta estava apertando seu corpo, causando bastante dor.

— Isso sempre acontece comigo — Pooh disse, encolhendo os ombros. — Você comeu muito mel?

Christopher balançou a cabeça.

— Não. Eu não comi muito mel.

Christopher respirou fundo, apoiou os braços contra a árvore e empurrou com força. Seu corpo não se moveu. Ele respirou e empurrou mais uma vez. Nada. Por fim, com toda a força que tinha, Christopher empurrou uma última vez. Com um *pop!* seu corpo se soltou da porta e caiu, livre.

Christopher se ajeitou, esticou os braços para o alto e, então, se encolheu. Ele ficaria com alguns hematomas. Levando a mão à cabeça, ele percebeu que seu cabelo estava espetado e, mesmo sem um espelho, soube que estava bastante desalinhado. Christopher suspirou. Ao menos ele sabia que a chance de encontrar alguém do trabalho não existia.

Ocupado com tentar se libertar da porta, Christopher ainda não tinha tido tempo para olhar para o bosque. E foi

SETE

isso o que ele fez, então. O que ele viu o deixou em choque. Uma forte névoa cobria tudo e ele se encolheu quando um arrepio percorreu seu corpo. Aquele *não era* o Bosque dos Cem Acres idílico do qual ele se lembrava.

– Pooh? – ele perguntou, virando-se para o ursinho. – É sempre sombrio assim?

– Sim – Pooh respondeu e, na sequência, fez uma pausa. – Ou não. Esqueci qual dos dois.

Christopher apertou os olhos. Ele tinha certeza de que não havia sido sempre assim. Na verdade, ele sabia que quando ia ao Bosque dos Cem Acres, quando criança, nunca havia neblina e raramente chovia. Já que as coisas não eram assim desde sempre, quando elas haviam mudado? E por quê? Uma parte dele sabia a resposta, mas se recusava a aceitar. Ele preferiu se concentrar no motivo pelo qual estava ali.

– Bem, e para onde vamos? – ele perguntou a Pooh.

– Eu esperava que você soubesse – o ursinho respondeu.

Christopher balançou a cabeça:

– Faz anos que não venho aqui. Como eu poderia saber?

– Porque você é Christopher Robin.

A resposta de Pooh foi tão simples e tão direta que Christopher não conseguiu dizer nada. O ursinho confiava completamente nele. Ele não tinha dúvidas de que, de alguma maneira, Christopher salvaria o dia. Vendo como Pooh olhava para ele, Christopher desejou ardentemente ter a mesma confiança em si mesmo.

– Está bem – Christopher disse, fazendo cara de corajoso. – Nós precisamos seguir isso o tempo todo.

Pooh, entretanto, não estava prestando muita atenção, já que ele havia se distraído com uma abelha que tinha acabado de aparecer, zumbindo, por ali.

– Seguir essa simples abelha, certo! – O ursinho começou a ir atrás do inseto.

Puxando-o de volta para perto de si, Christopher balançou a cabeça.

– Não, Pooh. Temos que ir em uma direção, assim não nos perdemos. – Ele apontou para o bosque que os rodeava.

– Principalmente com esse nevoeiro – Christopher tentou enxergar além da densa neblina, buscando um caminho, ou uma placa.

Infelizmente, o nevoeiro deixava tudo com a mesma aparência fantasmagórica e nublada. Não havia como saber para que lado estava cada coisa. Ao menos não sem algum tipo de ajuda.

Por sorte, Christopher estava sempre preparado.

SETE

Ele colocou a mão no bolso e tirou um pequeno objeto redondo. Era sua bússola.

– Da guerra – ele explicou a Pooh quando o ursinho perguntou o que era e por que ele tinha aquilo no bolso. – Eu carrego comigo.

Christopher moveu o objeto entre os dedos em um movimento ritmado de quem tem prática em seu manuseio. O metal estava frio e a parte de cima da bússola, gasta e opaca.

– O que é uma *guerra*? – Pooh perguntou.

– É algo de que não falamos a respeito – Christopher respondeu sem deixar espaço para que a discussão continuasse.

Então, um trovão ecoou no bosque. Pooh olhou para sua barriga.

– Parece que estou com mais fome do que já estive em toda a minha vida.

Contente por ter com o que se distrair – mesmo sendo algo tão desagradável quanto um trovão –, Christopher olhou para o céu escuro.

– Parece que o tempo vai piorar – ele comentou.

Olhando novamente para a bússola, Christopher analisou o ponteiro oscilante. Ele não tinha certeza sobre a direção que deveriam seguir, mas imaginava que se fossem para o norte, e seguissem nessa direção, não se perderiam tanto assim.

Infelizmente, enquanto Christopher fitava a bússola, Pooh começou a observá-lo... e também a engenhoca. Era da mesma cor do mel, então, ele gostou da bússola de cara. Além disso, Christopher havia dito que aquilo iria ajudá-los a chegar onde precisavam. Algo de que ele também tinha gostado. O único problema era que, ao que parecia, Christopher não parecia estar pronto para usar a tal bússola. Então, depois de se aproximar de seu amigo, ele decidiu que deveria fazer alguma coisa.

– Posso ver a bússola? – Pooh perguntou, estendendo a pata.

Distraído, Christopher entregou a bússola ao ursinho. E imediatamente se arrependeu de tê-lo feito. Pooh começou a caminhar, observando a bússola.

– Não! Espere! – Christopher gritou. – Devemos ir para o norte! Para o norte! – As palavras ecoaram pela densa neblina enquanto Pooh já começava a desaparecer de sua vista.

– Eu vou seguir essa flecha muito útil – Pooh gritou de volta.

Christopher soltou um suspiro. Ele não tinha outra opção além de seguir Pooh – qualquer que fosse a direção para onde ele estivesse indo.

***

SETE

Pooh estava ficando preocupado. Eles estavam andando há muito tempo e ainda não tinham encontrado nenhum sinal de seus amigos. Na verdade, não tinham encontrado muita coisa além da densa neblina. Para ajudar a passar o tempo, Pooh começou a jogar um jogo enquanto eles caminhavam. Ele tentava ver formas no nevoeiro, do mesmo jeito que fazia quando se deitava e observava as nuvens no céu. Até aquele momento ele tinha conseguido ver um pote de mel, uma abelha e uma colmeia.

– Você está reconhecendo alguma coisa? – A pergunta de Christopher chamou a atenção de Pooh. Ele quase perguntou se Christopher se referia ao pote de mel que Pooh estava vendo flutuando no ar, ao lado da cabeça de seu amigo, mas decidiu não fazê-lo.

– O nevoeiro? – ele preferiu dizer.

– Além do nevoeiro! – Christopher ergueu a voz, já impaciente.

Nesse momento, no meio do nevoeiro, apareceu uma coisa diferente. Infelizmente, não foi algo que deixou Pooh feliz. Era uma placa. E nela, escrito com letras de criança, as seguintes palavras:

CUIDADO COM EFALANTES E DINONHAS.

– Ah, puxa... – Pooh lamentou, parando repentinamente, o que fez Christopher tropeçar nele logo em seguida.

– Qual é o problema? – Christopher perguntou. Mas ao se aproximar do ursinho para entender o motivo da repentina parada, ele viu a placa. Ao reconhecer a caligrafia e o aviso, ele resmungou: – Não acredito, Pooh! Não existem Efalantes e Dinonhas.

Pooh apontou para o aviso:

– Claro que existem! Você não está vendo a placa?

– Criaturas horrorosas, que se parecem com elefantes e vagam pelo mundo para acabar com a felicidade não são reais, Pooh – Christopher assegurou. – Agora, vamos. – Passando na frente do ursinho, Christopher seguiu adiante, cruzando a placa.

Pooh hesitou ao ver o amigo indo em frente. Ele confiava em Christopher Robin. Sempre tinha confiado. Mas havia sido Christopher Robin quem havia ajudado a pintar a placa. Então, o que ele deveria fazer? *Vou continuar a fazer Nada Diferente*, Pooh pensou, *porque isso é a melhor Alguma Coisa a se fazer*. Decidido, ele voltou a caminhar.

– Christopher Robin – ele disse quando começaram a adentrar um nevoeiro ainda mais denso. – Qual é o seu trabalho? – Pooh não estava totalmente seguro de saber o

SETE

que significava "trabalho", mas Christopher o mencionava com frequência suficiente para Pooh saber que era algo importante.

– Sou gerente de eficiência em uma empresa de malas – Christopher respondeu.

Pooh assentiu, apesar de aquelas palavras não significarem muito para ele.

– E você tem muitos amigos lá?

– Tenho pessoas que confiam em mim – Christopher respondeu, virando-se para olhar para Pooh, curioso com o repentino interesse do ursinho em sua vida fora do Bosque dos Cem Acres.

– Então, você tem – Pooh insistiu.

O ursinho parecia tão contente de pensar que Christopher tinha amigos que o homem se viu começando a explicar seu cargo e sua vida.

– Não – ele disse, balançando a cabeça. – Eles não são meus amigos. Isso só faz com que seja mais difícil se precisar que algum deles vá embora.

Pooh inclinou a cabeça.

– E para onde eles vão? – ele perguntou, seu inocente rosto e sua pergunta demonstrando toda a sua confusão.

– Eu não sei, Pooh – Christopher disse. – Eu não sei.

Christopher virou a cabeça para a densa neblina, como se quisesse escondê-la. Ele *não* sabia. Ele não tinha absolutamente nenhuma ideia do que iria acontecer com todas aquelas pessoas que ele tinha riscado da lista para conseguir chegar ao número mágico do corte de vinte por cento. Ele não sabia o que iria acontecer com suas famílias. Não sabia se encontrariam outro trabalho. Não tinha ideia de nada disso e, até aquele momento, ele tinha conseguido afastar aquela sensação horrorosa de culpa de sua mente. Mas Pooh o estava fazendo entender o que ele realmente estava fazendo.

– Você *me* deixou ir embora?

A pergunta do ursinho saltou do nevoeiro e ecoou na cabeça de Christopher. Ele nunca tinha pensado nisso, mas ali, vendo o ursinho que continuava confiando nele o suficiente para segui-lo pelo nevoeiro e continuar acreditando nas histórias sobre Efalantes e Dinonhas, Christopher foi forçado a encarar o fato de que ele não foi o único que sofreu quando ele foi para o colégio interno. Ele deixou o Bosque dos Cem Acres e seus amigos; e, sim, no fim das contas, ele deixou Pooh ir embora. Ele o deixou ir embora – e qual havia sido o resultado? Christopher olhou para o bosque sombrio. O resultado era um mundo em pedaços.

SETE

Ele apenas podia imaginar como seria o mundo para os homens e mulheres que não teriam mais seus empregos no fim da próxima semana...

OITO

— Pooh? Eu tenho certeza de que é a mesma placa.

Christopher estava em pé, imóvel, diante de uma placa estranhamente parecida à que ele e o ursinho haviam visto horas antes. A mesma escrita infantil avisando para tomar cuidado com Efalantes e Dinonhas. Christopher aproximou-se para observá-la mais de perto. Então, ele grunhiu. Não era estranhamente parecida, era *exatamente* igual. Era a mesma placa. Olhando para Pooh, ele apertou os olhos e perguntou:

— Você tem certeza de que continuamos indo para o norte?

— Deixe-me ver — o ursinho respondeu, abrindo a bússola.

— Você não estava acompanhando? — Christopher disse, com um mau pressentimento.

O ursinho se encolheu.

– Não desde que comecei a seguir as pegadas. – Ele apontou para o chão. Christopher acompanhou o olhar do ursinho e conteve um gemido de frustração.

– Pooh! – ele se forçou a dizer, depois de mal ter acabado de se recompor. – Essas são as *nossas* pegadas! Estamos andando em círculos. Qual é o seu problema? Só era preciso seguir a bússola!

Apesar de dizer tais palavras, Christopher sabia que estava sendo injusto. Pooh não era um experiente veterano de guerra. Ele nem mesmo era humano. Ele era um ursinho!

Pooh baixou os ombros e deixou as orelhas caírem para trás.

– Mas... a bússola estava nos levando até os Efalantes e Dinonhas – ele argumentou.

– Não existem essas coisas! – Christopher respondeu, insatisfeito com a explicação de Pooh. – Eu nunca deveria ter confiado em você para ser o responsável pela bússola.

– Sinto muito – o ursinho lamentou, quase num sussurro. – Vou deixar isso junto com as outras Coisas Importantes.

Pooh caminhou até Christopher, que segurava a maleta em suas mãos com tanta força que os nós de seus dedos estavam brancos, e abriu o fecho. Antes de Christopher ter tempo de piscar, a maleta caiu, aberta – assim como o envelope marrom com todo o seu trabalho. No mesmo momento, uma rajada de vento varreu o bosque fazendo as "Coisas Importantes" voarem.

Christopher soltou um grito e começou a correr atrás dos papéis perdidos.

– Esses papéis são insubstituíveis! Eu nunca vou me lembrar de tudo isso! – ele disse, enquanto se agachava e se esticava, tentando, em vão, recuperar cada uma de suas folhas.

Ao pegar uma folha que estava presa em um arbusto, Christopher olhou para Pooh. O ursinho estava muito quieto. Por algum motivo, isso deixou Christopher ainda mais irritado. Antes de conseguir se conter, ele foi até o ursinho e cuspiu palavras duras e raivosas.

– Sabe de uma coisa? Você estava certo, Pooh. Você *é mesmo* um ursinho não muito esperto. Você sabe o que vai acontecer comigo se eu perder esses papéis? O Winslow vai me comer no café da manhã.

– É igual ser comido por uma Dinonha? – Pooh questionou, tentando entender o que Christopher acabara de dizer.

– Isso, Pooh – ele disse com voz trêmula, olhos arregalados e com uma aparência um pouco insana. – Uma grande Dinonha vai me devorar!

Pooh, ainda incerto sobre o que pensar do que estava vendo, fez uma careta. Christopher ria, mas ele não parecia estar feliz. E ele estava concordando com Pooh, mas não parecia ser de verdade.

– Isso não parece ser divertido – o ursinho comentou, por fim.

Novamente, Christopher soltou uma estranha gargalhada que incomodou Pooh.

– Não mesmo – ele concordou. – Mas *esse* é o mundo real para você. Há mais na vida do que balões e mel, seu urso tonto. Por que você voltou? – Christopher olhou para os papéis em suas mãos, molhados e amolecidos pela densa neblina. Ele baixou a voz, seus ombros caíram. – Eu não sou mais criança. Agora eu sou adulto. E tenho responsabilidades de adulto.

– Mas você é Christopher Robin – Pooh argumentou.

– Não, eu não sou – Christopher asseverou. – Não sou mais a pessoa de quem você se lembra.

Pooh balançou a cabeça. Seu amigo *não era* mais igual ao que ele se lembrava, mas ele sabia que, no fundo, continuava sendo Christopher Robin. Ele apenas havia se perdido. Estava como o Bosque dos Cem Acres, cheio de névoa. Mas, ao que parecia, Christopher não queria se lembrar de quem ele tinha sido.

– Eu sinto muito – Pooh disse, começando a se afastar. – Você deve me deixar ir embora. Pela *eu fiz ciência*.

– Eu fiz...? – Christopher repetiu, tentando entender o que Pooh queria dizer. Então, ele entendeu. – É *eficiência*!

Christopher colocou os papéis de volta na maleta e a fechou. Quando olhou para a frente novamente, Pooh havia desaparecido. A única coisa que ele podia ver era a neblina à sua volta.

Christopher se arrependeu quando percebeu o silêncio que engoliu o bosque. O que ele havia feito?

***

Percorrendo o bosque enevoado, Christopher tinha pensamentos indesejados. Ele pensava em Pooh perdido e com fome. Pensava no ursinho triste e sozinho. Seu rosto, com os olhos cheios de lágrimas, aparecia na frente de Christopher, que se sentia muito culpado. Ele não queria ter sido tão duro com o ursinho. Se fosse bem sincero, assumiria que disse tudo aquilo por estar bravo consigo mesmo, e não por algo que Pooh tivesse dito. Christopher estava bravo consigo mesmo por ter feito os números "funcionarem" à custa do emprego das pessoas. Estava bravo por não ter escolha além de fazer o que seu chefe o mandou fazer. Estava bravo por precisar não ter sentimentos para ser eficiente. E, então, gritou com Pooh que, por sua vez, desapareceu.

E era tudo sua culpa.

– Pooh! – ele gritou. – Pooh! Onde você está?

Diversas vezes Christopher chamou o ursinho pela neblina. E diversas vezes a única resposta que conseguiu foi o eco de sua própria voz. Estava escurecendo, já que as horas do dia estavam chegando ao fim. Christopher sabia que, se não encontrasse Pooh, teria que esperar até o dia seguinte.

Christopher tropeçou em um galho oculto pela neblina e teve de abrir os braços para tentar manter o equilíbrio. Ele conseguiu manter-se de pé, mas ao parar para recuperar o ar, se viu, mais uma vez, diante da mesma placa. Ele tinha feito a mesma coisa que Pooh: andado em círculos. Só que, dessa vez, em vez de ficar longe da placa, Christopher foi diretamente em sua direção.

– Não existem Efalantes! – ele gritou para o nada.

Então, acelerando o passo, passou pela placa e foi diretamente para onde ela alertava para que *não* se fosse.

Christopher correu e correu até o sol se esconder atrás das árvores, cobrindo o bosque com um precipitado crepúsculo. Sombras que de dia eram inofensivas se tornaram

OITO

assustadoras e enormes. O farfalhar das árvores, que até então era um simples barulho, ficou sombrio e fez com que Christopher andasse mais rápido. Seus olhos perscrutaram o escuro bosque, buscando algum sinal de Pooh desesperadamente. Ele não viu nada.

Mas ouviu. Um rugido no meio do bosque. Era um ruído horroroso, uma mistura entre os sons de um elefante com um dinossauro. Christopher parou; os pelos de seus braços estavam arrepiados. Não podia ser verdade. Podia?

– Efalantes e Dinonhas não existem – ele disse, desejando se convencer. Ao seguir em frente, Christopher passou a procurar não apenas por Pooh, mas também por criaturas que ele esperava que não existissem.

E, então, ouviu o mesmo rugido outra vez.

Christopher se virou, sua cabeça se movendo de um lado para o outro – e do outro para o lado de antes.

– *Não existem, não existem, não existem* – ele entoava.

Ao mesmo tempo, a névoa começou a ceder e, bem à sua frente, Christopher viu surgir algumas sombras. Grandes sombras que se pareciam muito com elefantes. Ou, mais precisamente, uma manada de Efalantes.

Mais um rugido. Dessa vez, Christopher não hesitou. Ele se virou e correu...

E caiu bem em uma armadilha de Efalante!

Com um grito, Christopher sentiu suas pernas sumindo de debaixo do seu corpo, e logo ele estava caindo pelo ar. Ele chegou ao fundo do grande buraco com um forte estrondo.

– Ai! – Christopher reclamou.

Deitado no chão frio, ele segurou a respiração. Dava para ouvir os Efalantes rugindo e, por um momento, ele ficou feliz de estar três metros abaixo do solo e não em algum lugar onde o pudessem ver.

Quando achou que já tinha ficado ali tempo suficiente, Christopher se colocou de pé. Ele inclinou a cabeça para trás, olhando para a abertura do buraco. No céu, Christopher viu as primeiras estrelas brilhando e soube que, logo, não conseguiria enxergar nem mesmo suas próprias mãos, muito menos o topo do buraco. Ele precisava sair dali, e depressa!

Ele se virou, examinando o ambiente. Para sua surpresa e irritação, a primeira coisa que viu foi uma placa onde se podia ler: ARMADILHA PARA EFALANTES – TE PEGAMOS!

– Mas eu não sou um Efalante – ele resmungou. Então, aumentando a voz, começou a gritar: – Eles estão aí fora! Eu estou aqui embaixo!

OITO

Mas ninguém respondia ao seu chamado. Não havia ninguém que pudesse escutá-lo. Exceto, talvez, os Efalantes.

– Você está falando sozinho – Christopher se deu conta.

Primeiro perdi Pooh. Depois encontrei criaturas imaginárias que não são imaginárias e acabei caindo em uma armadilha boba que, supostamente, deveria ser para capturar as criaturas imaginárias. Sério, tem como piorar?

E então, como se a mãe natureza estivesse escutando seus pensamentos, começou a chover.

De início, as gotas de chuva caíam lentamente, mas logo começaram a ficar maiores e a desabar em maior volume. Não demorou para a terra sob seus pés virar lama. Christopher sentiu o pânico dominá-lo. Precisava sair dali.

Desesperadamente, ele começou a tentar escalar as laterais do buraco. Seus dedos se afundavam na terra e faziam buracos, mas ele não conseguia sair do lugar. Só o que conseguia era que suas mãos escorregassem e ficassem cheias de lama. Ele tentou uma e mais uma vez. Mas, sempre, o resultado era o mesmo. Não importava para que lado ou como ele tentasse subir; ele sempre acabava caindo.

Quando Christopher achou que não havia mais esperança, conseguiu começar a avançar, lentamente. Meio metro, um metro, mais um... O topo do buraco apareceu, quase ao seu alcance. Ele então esticou as mãos, seus dedos tocaram a entrada do buraco. Ele sentiu o ar fresco em seu rosto...

Mas sua mão se soltou e ele caiu para trás.

Com mais um estrondo, Christopher novamente se viu no fundo do buraco.

– *Nãooooooo!* – ele gritou. – *Socorro!*

Como resposta, a chuva começou a cair ainda mais forte. O buraco estava se enchendo de água, que já estava na altura das canelas de Christopher, e não havia sinal de que fosse parar de chover. Ele olhou em volta, buscando qualquer coisa que pudesse ajudá-lo. Foi quando viu uma videira pendendo a partir da entrada do buraco.

Colocando a maleta para baixo, o que o fez perceber que ela era parte do que o impedia de escapar dali, Christopher agarrou seu guarda-chuva por entre as alças da maleta. Então subiu em cima dela, esticou-se e enganchou o cabo do guarda-chuva na videira até parecer estar firme.

NHEC!

Christopher puxou com força. Nada aconteceu. Ele puxou mais uma vez. Nada. E mais uma vez.

Foi quando alguma coisa aconteceu. Infelizmente, não o que Christopher esperava que acontecesse. Em vez de puxar a planta para alcançá-la, Christopher conseguiu deslocar

OITO

uma pedra. A pedra e a videira caíram no buraco. Antes que pudesse desviar, a pedra bateu na sua cabeça.

A última coisa que Christopher viu antes de cair para trás, inconsciente, foi a água que escorria pela lateral do buraco.

NOVE

— Ai. Ai. Aaaaaai.

A dor que sentia fez Christopher despertar. Com cuidado, ele levou os dedos até o topo de sua cabeça. Um grande galo estava se formando – e a mais leve tentativa de tocá-lo fazia a dor irradiar por todo o seu corpo. Ele soltou mais um gemido, que se transformou em um grito, quando percebeu que a água havia subido enquanto ele estava inconsciente. A água estava na altura do seu peito.

– Pooh! – Christopher gritou, em pânico. – Pooh!

Christopher não queria ficar preso em um buraco no meio do Bosque dos Cem Acres. Ele precisava ver Evelyn. E Madeline. Ele precisava lhes dizer quanto as amava, como lamentava e como...

– Olá, Christopher Robin!

Ao olhar para cima, Christopher quase começou a chorar diante da imagem de Pooh, que olhava para ele do topo do buraco. O rosto familiar do ursinho era a melhor coisa que Christopher via há muito, muito tempo.

– Ai, que bom que você está bem – ele disse. – Você pode me ajudar? – ele perguntou enquanto o nível da água subia.

– Claro – Pooh respondeu.

Christopher começou a olhar ao redor, buscando uma maneira de trabalharem em conjunto para ele sair dali.

– Ok – ele disse. – Acho que consigo subir se você me jogar uma corda ou...

SPLASH!

O som de algum objeto grande caindo na água ao seu lado chamou a atenção de Christopher Robin, que deu um grito. Um momento depois, Pooh emergiu à superfície e começou a se movimentar na água ao seu lado. O ursinho parecia completamente tranquilo com o fato de estar nadando em um buraco pensado para capturar Efalantes. Ele olhou para Christopher e sorriu.

– Por que você fez isso? – Christopher perguntou, estupefato.

– Você parecia sozinho aqui embaixo – Pooh respondeu.

– Mas agora estamos *os dois* presos – Christopher lamentou, sua voz mais parecida com um ganido. – E tem Efalantes e Dinonhas por aí. Estamos em perigo.

NOVE

No mesmo momento, Christopher viu sua maleta flutuando e a pegou. Então, ele agarrou Pooh e o colocou sobre ela. Já que os dois estavam presos, o mínimo que ele podia fazer era proteger o ursinho.

– Precisamos sair daqui. Mas não sei mais o que fazer.

Pooh, que não havia se queixado quando Christopher o colocou sobre a maleta, encarou o seu amigo. Seu olhar estava tranquilo e ele parecia nem se dar conta da água que o rodeava e escorria de seu pelo encharcado.

– Às vezes, o que se deve fazer é Nada – Pooh disse, encolhendo os ombros.

Na água, ao seu lado, Christopher parou de se debater.

– Nada? – ele repetiu.

– Costuma levar às melhores Algumas Coisas – Pooh observou.

A maleta sobre a qual Pooh estava balançou com a água e ele perdeu o equilíbrio. O ursinho escorregou e caiu na água. Em poucos momentos, a única coisa que se podia ver dele eram as bolhas de ar subindo à superfície.

Por mais estranho que pareça, Christopher não entrou em pânico quando seu amigo desapareceu. Em vez disso, ele ficou estranhamente calmo. Havia um quê de sonho em tudo aquilo. A água nem mesmo estava fria à medida que subia por seu peito. Ele se questionou se estava se afogando, pois havia ouvido dizer que, em um afogamento, é comum a pessoa perder a consciência. Talvez fosse isso o que estivesse acontecendo com ele. Christopher parou de agitar a água e se deixou afundar.

Ele afundou até sentir suas costas no fundo do buraco. Ao olhar para o lado, viu Pooh tranquilamente sentado ali. O ursinho respirava normalmente e, quando falou, as palavras não se distorceram como seria esperado debaixo da água.

– É legal, não é? – Pooh perguntou.

– Sim, é legal – Christopher concordou.

Christopher começou a achar que aquilo estava bom demais. Algo não estava certo. Então, ele olhou para suas mãos. Ou melhor, para onde suas mãos *costumavam* estar. Elas tinham se transformado em mãos de Efalante. E quando tentou tocar suas orelhas, percebeu que elas estavam grandes e caídas – eram orelhas de Efalante. Com os olhos arregalados, ele se virou para Pooh para pedir ajuda, mas o ursinho, assustado, nadava desesperado tentando fugir dele.

Apavorado, Christopher tentou alcançar seu amigo para tranquilizá-lo, mas, no lugar do braço, uma longa tromba se moveu pela água. Ela chegou até Pooh e, antes

NOVE

de Christopher entender o que estava acontecendo, a tromba sugou seu amigo.

Christopher começou a girar sem parar. Ele precisava sair daquele buraco. Mas a cada volta, ele se deparava com um novo Efalante: uma versão de si mesmo como Efalante. Não havia como escapar da criatura. Não havia como escapar de si mesmo. Girando cada vez mais rápido, ele sentiu como se o ar de seus pulmões estivesse sendo retirado e, então, a tromba de um dos outros Efalantes se conectou a ele. Ele sentiu um forte puxão e, assim como aconteceu com Pooh, ele foi sugado pela tromba da criatura.

* * *

Christopher despertou assustado. Sua respiração era pesada e sua cabeça latejava. Tinha sido um sonho! Nada de Efalantes. Nada de trombas enormes. Ele estava vivo!

Mas, ao avaliar a real situação, percebeu que, ainda assim, não era nada boa. Enquanto esteve inconsciente, a água *realmente* havia subido. Christopher tinha conseguido ficar flutuando, agarrado à sua maleta, assim como Pooh, em seu sonho. Ela tinha servido como um salva--vidas. Mas a chuva continuava e ele sabia que precisava encontrar um caminho para sair rapidamente daquele buraco.

Então suas mãos soltaram a maleta e ele deslizou pela água. Lembrando-se de seu sonho, ele sentiu o pânico que devia ter sentido começando a dominá-lo. Mas antes de estar totalmente consumido pelo pânico, Christopher sentiu seus pés tocando o fundo do buraco. Com um impulso, ele subiu até a superfície da água. A água estava *preenchendo* o buraco. Se ele apenas esperasse...

– Simplesmente faça Nada – Christopher disse, repetindo as palavras de Pooh.

Boiando de costas, Christopher deixou os braços se abrirem e as pernas se elevarem. Sob ele, seu casaco se abria de tal forma que, visto de cima, ele parecia estar sobre uma jangada bege. E, então, ele apenas fez Nada. Ele fez Nada enquanto a chuva continuava caindo e a água subia mais e mais dentro do buraco. Ele fez Nada vendo o céu clarear e as estrelas desaparecerem. Nada até, finalmente, poder fazer Alguma Coisa.

Quando a água se aproximou do topo do buraco, ele se virou e nadou até a borda. Christopher, então, apoiou-se e rolou sobre o chão firme. Ele ficou deitado ali por um longo momento, desfrutando a sensação da terra firme sob seu corpo. Quando recuperou o fôlego, ele pescou sua maleta e seu guarda-chuva de dentro do buraco e se levantou.

NOVE

Ele estava fora da armadilha. Estava livre.

Agora precisava encontrar Pooh.

Caminhando pelo bosque, Christopher gritava o nome de seus amigos:

– Pooh? Ió? Alguém?

Nenhuma resposta, mas ele seguiu insistindo. O bosque não era assim *tão* grande. Em algum momento, ele teria de encontrar alguém.

Então, de repente, Christopher viu algo que reconheceu. Ele reduziu o passo e sorriu ao ver a Ponte de Gravetos do Pooh. Ao se aproximar, seu sorriso ficou ainda maior. Havia uma placa onde se podia ler GÁLIOS DO POOH. De um lado, estava escrito LÁDO DE JOGAR, e do outro, LÁDO DE OLHAR. Ele não sabia quantas vezes havia ido brincar ali com Pooh. Era um jogo simples e bobo – jogar um galho de um lado da ponte e correr para vê-lo reaparecer do outro lado –, mas que os entretinha por horas.

Sobre a ponte, Christopher olhou pela borda do "lado de jogar". Seu reflexo o encarou de volta. Mas quem olhava para ele não era um garotinho inocente. O rosto que o fitava era velho. Velho e sujo de lama cinzenta já seca. Franzindo o cenho, Christopher pegou um graveto do chão e jogou na água, desfazendo o reflexo. Então, por hábito, foi para o outro lado para vê-lo aparecer flutuando.

Mas em vez de ver o graveto, ele viu Ió. O burrinho pessimista saiu flutuando de debaixo da ponte. Ele estava de costas, olhando para o céu com uma careta. Ao ver Christopher, a expressão dele se aprofundou.

– Como tenho sorte – ele disse, com a voz triste. – Um Efalante. Em busca de almoço.

– Ió! – Christopher gritou, contente. – Não sou um Efalante! – Ele estava tão feliz por finalmente ter encontrado um de seus amigos que nem se irritou de ter sido confundido com uma criatura que parecia um elefante.

– Não importa – disse o burro, encolhendo os ombros. – Estou indo rumo à cachoeira, logo não estarei mais aqui.

Virando-se, Christopher viu para onde Ió estava se encaminhando. Certamente havia uma cachoeira.

– Nade! Nade! – ele gritou para o burro.

Mas Ió não tentou nadar. Em vez disso, ele deu um jeito de boiar mais rápido. Enquanto Christopher o observava, o corpo do burro desapareceu lentamente ao afundar em uma das pequenas quedas d'água antes de chegar à maior. A água ficava mais agitada à medida que Ió seguia a correnteza. Ele estava cada vez mais perto da grande cachoeira. Se Christopher não fizesse nada, perderia mais um amigo antes de tê-lo encontrado de verdade.

NOVE

Christopher desceu correndo da ponte e seguiu o rio, chamando por Ió enquanto percorria o caminho.

– Talvez seja melhor assim – Ió respondeu, sua voz sem emoção, apesar da situação que estava enfrentando. – Não se pode mudar o inevitável. Apenas devemos seguir o fluxo.

Ao chegar em um ponto em que as margens entravam no leito do rio, Christopher deslizou até chegar a tocar a água. Ele estendeu a mão quando Ió passou boiando. O burro estava muito longe e seus braços não eram tão longos.

– Não se preocupe, Ió! – ele gritou.

– Não estou preocupado – Ió garantiu. – Não tenho do que reclamar.

– Eu vou salvá-lo! – Tirando o casaco, Christopher o jogou no chão, correu pela margem e mergulhou na água. Mas para sua surpresa e dor, seu mergulho não foi muito fundo: o rio tinha poucos centímetros de profundidade. – Muito bem – ele disse, começando a sorrir. – Eu cresci.

O sorriso de Christopher cresceu ao imaginar como aquilo deveria ter sido ridículo. E o tanto que não estava se importando. Ele começou a rir – de leve, no começo, até estar gargalhando e lágrimas escorrerem do canto de seus olhos. Em pé, secando as lágrimas, Christopher tentou se lembrar da última vez que havia rido tanto assim. Infelizmente, ele não fazia a menor ideia.

– Rindo da minha desgraça. Muito bem – disse Ió.

Ao escutar Ió resmungar, Christopher voltou ao presente e, rapidamente, aproximou-se do burro, pescando-o pouco antes que chegasse à cachoeira. Christopher o levou de volta para a margem. Depois de torcê-lo como se torce um pano de prato, Christopher gentilmente colocou Ió no chão.

– Olá, Ió – ele o cumprimentou.

– Olá, Efalante – Ió respondeu.

Christopher sorriu, e aquilo lhe pareceu menos estranho dessa vez.

– Não sou um Efalante – ele assegurou. – Sou Christopher Robin, aquele que costumava tentar fazer você ficar alegre.

Ió encolheu os ombros.

– Não me lembro disso.

Como Christopher sabia que não adiantaria tentar explicar, mudou de assunto.

– Como você foi parar na água? – ele perguntou.

– Acordei. Ventava. A casa voou. Caí no rio. Não sei nadar. – Ió listou suas desgraças com firmeza e sem emoção. – Apenas mais uma manhã para mim.

Ao longe, um Efalante – ou o que quer que fosse que Christopher tinha ouvido na noite anterior – soltou um terrível rugido. Ió olhou para ele e disse:

NOVE

– São seus companheiros Efalantes chamando você para voltar para casa.

Em vez de tentar explicar mais uma vez que *não* era um Efalante, Christopher decidiu, em vez disso, tentar chegar ao fundo desse confuso mistério dos amigos desaparecidos. Ele estreitou os olhos e colocou o dedo no queixo. Quando era criança, ele e Pooh brincavam de detetive. E colocar o dedo sob o queixo sempre era um bom jeito de começar.

– Então – ele disse –, todos acordaram. É Dia de Ventania.
– Ió concordou. – E aonde todos vão em Dia de Ventania?

Christopher pegou Ió e o colocou sobre seus ombros antes de começar a caminhar de volta para a Ponte de Gravetos do Pooh.

Ali, pendurado sobre o ombro de Christopher, Ió suspirou:
– E eu que sei? Ninguém me convida para nada.

Bem, Christopher pensou, *gostando ou não, Ió, você vem comigo agora. Nós vamos descobrir onde todos vão em Dia de Ventania.* E Christopher esperava que esse lugar, fosse qual fosse, seria o lugar onde ele encontraria Pooh.

DEZ

Com um Ió relutante e um pouco rabugento a reboque, Christopher deixou o rio e voltou para o bosque. Ele não tinha certeza, mas *parecia* que a névoa havia diminuído um pouco durante a noite e ele estava começando a reconhecer cada vez mais o ambiente. Era como se o Bosque dos Cem Acres estivesse voltando a ter vida.

Bem, ao menos parte dele.

Depois de passar por um trecho com arbustos cheios de espinhos, Christopher chegou a uma clareira. Ele olhou em volta. O local parecia vagamente familiar. Então, viu uma pilha de madeira ao lado da raiz de uma das árvores mais altas.

– A casa de Corujão – Christopher percebeu, reconhecendo perfeitamente onde estavam. – Ela caiu da árvore.

Nesse momento, o mesmo ruído horroroso que Christopher e Ió haviam ouvido perto do rio ecoou pelo bosque. Só que, dessa vez, ele soava ainda mais horrível e assustador – se é que isso era possível.

– Deve estar fazendo a digestão – sugeriu Ió.

– Efalantes não são reais – Christopher retrucou, olhando para o burro.

Ele sabia que suas palavras não passavam confiança. Afinal, ele estava começando a achar que Efalantes *eram* reais. Reais e, ao escutar outro rugido, também percebeu que estavam perto demais para o seu gosto.

Tentando ignorar o som, Christopher começou a se aproximar da casa de Corujão, que estava destruída. Era um desastre. Tinha pedaço de madeira para todo lado, e o teto havia se rompido com a queda. Chamando por Corujão, Christopher foi chegando cada vez mais próximo. Outro rugido de Efalante o fez recuar. Ió o acompanhava de perto. Por um momento, nenhum dos dois se mexeu.

Então, reunindo coragem, Christopher cruzou a clareira com alguns poucos passos largos. Ele parou ao lado da casa. Olhando em volta, viu um cata-vento pendendo da lateral do telhado. Estava quebrado, o metal retorcido por conta dos fortes ventos que haviam derrubado a casa de Corujão. Enquanto ele observava, uma outra rajada de vento soprou pela clareira. O cata-vento se moveu na direção do telhado, o vento fez o metal arranhá-lo. O som resultante desse arranhar era o rugido dos "Efalantes".

– É só o cata-vento! – Christopher gritou, triunfante, ao entender o que estava acontecendo.

DEZ

Ele *estava* certo sobre os Efalantes! Eles não existiam! O vento soprou uma vez mais e o rugido de "Efalante" fez Ió cobrir os olhos com suas orelhas. Rapidamente, Christopher subiu no telhado e estendeu a mão, impedindo que o cata-vento continuasse se movendo.

Instantaneamente, o som horrível também parou.

Ió espiou por detrás de suas longas e flexíveis orelhas.

– Huh – ele disse, demonstrando tanta surpresa quanto sempre demonstrava. – Vamos ver isso. – Lentamente, ele subiu no telhado para ver mais de perto.

– Mas nada de Corujão – Christopher disse quando puxava o cata-vento, soltando-o do telhado, garantindo que aquele ruído nunca mais se repetiria.

Livre do medo de um ataque de Efalantes, Christopher voltou a se concentrar na razão pela qual estava no Bosque dos Cem Acres.

– O que aconteceu com todos? – Christopher perguntou.

– Se Christopher Robin estivesse aqui – Ió respondeu –, ele saberia.

– Eu *sou* Christopher Robin – Christopher esclareceu.

Ió ergueu a sobrancelha.

– Então, é você quem deveria saber – ele respondeu, soando bastante seguro.

Christopher assumiu as palavras do burro como um desafio e começou a procurar sinais na casa destruída de Corujão. Ele olhou através do buraco no telhado. Viu a mesa e as cadeiras que estavam de lado. Dando um passo para trás, Christopher quase caiu por causa de uma tábua desnivelada ao lado da casa. Ao recuperar o equilíbrio, seus olhos pousaram sobre uma única veneziana que se soltara com o vento e estava no chão coberta de lama – e no que pareciam ser pegadas.

De repente, Christopher soltou um grito de alegria. Ele sabia o que tinha acontecido.

– Eles estão todos aqui – Christopher se deu conta, contando sua teoria para Ió. – Cenouras do Coelho. E alguém estava pulando. Tigrão. – Ele apontou para a mesa, pelo buraco do telhado, e para a tábua.

– É óbvio – disse Ió, sem se surpreender.

Christopher apontou para a veneziana e apresentou sua conclusão:

– Ela deve ter se soltado e saído voando, batendo no cata-vento. Todos, logicamente, pensaram que fosse um Efalante! Entraram em pânico e saíram correndo. – Ele interpretava as palavras enquanto as dizia, saltando diante de um ruído inexistente e olhando em volta, assustado. Então, apontou para a porta e uma pequena pilha de cascas de bolotas. – Cascas de bolotas. Uma trilha delas.

DEZ

— Se a seguirmos, encontraremos Leitão — Ió disse antes de Christopher poder concluir.

Christopher parou o que estava fazendo e olhou feio para o burro, descontente.

— Isso *sim* é que é óbvio — ele murmurou antes de pegar Ió, colocá-lo debaixo do braço e começar a seguir a trilha.

Eles saíram à caça!

***

Enquanto caminhavam pelo bosque, seguindo a trilha de bolotas deixada por Leitão, Christopher não conseguia conter o sorriso. Era bom estar ao ar livre, fazendo alguma coisa, em vez de estar sentado atrás de uma mesa. Ele estava sendo útil e produtivo. E, incapaz de abandonar completamente o profissional que se tornara, pensou que estava sendo eficiente. No céu, o sol começou a sair de detrás das nuvens.

— Aqui temos mais uma! — Christopher gritou ao ver mais uma bolota. — E outra! — Estava cada vez mais fácil encontrá-las.

Então, Christopher escutou um som inconfundível. Ele inclinou a cabeça. Não era o som de alguém mastigando uma coisa qualquer. Era o som de alguém mastigando *bolotas*.

Ele deu alguns passos à frente. O som parecia estar vindo de detrás de uma fileira de árvores. Christopher se aproximou e olhou por entre os troncos.

E, sentado em uma pedra, comendo bolotas freneticamente – e com uma expressão muito preocupada em seu rostinho – estava Leitão.

Ao ouvir o farfalhar dos passos de Christopher, Leitão ergueu os olhos, prestando atenção.

– Quem é? Quem... Quem está aí? – ele gaguejou.

Christopher colocou Ió no chão e o encaminhou em direção à clareira. Pela maneira como Leitão estava comendo suas bolotas, Christopher concluiu que seu velho amigo já estava muito nervoso e que ver uma cara conhecida poderia deixá-lo mais tranquilo.

– Sou só eu – Ió se apresentou, caminhando lentamente.

A expressão de Leitão se iluminou.

– Ió! – ele gritou, com a voz estridente. – Que bom que é você.

– Nunca ninguém se importou muito com isso – Ió respondeu com seu ar tipicamente melancólico.

Observando de detrás de uma árvore, Christopher viu Leitão ficar mais tranquilo. Considerando isso como um bom sinal, ele resolveu se aproximar. Mas, infelizmente, graças ao sol que agora brilhava, a primeira coisa que Leitão viu foi uma grande sombra que o encobriu completamente. Assim como havia acontecido com Ió, Leitão achou que Christopher fosse um Efalante e soltou um agudo grito.

– Leitão – Christopher disse, tentando acalmar seu amigo. Então, ele deu mais um passo, para sair da sombra. – Sou eu. Christopher Robin.

Suas palavras não acalmaram a pequena criatura.

– Não... Não se mova – ele advertiu. – E talvez ele não nos coma.

Christopher colocou a mão no bolso e pegou uma das muitas bolotas que tinha recolhido ao seguir a trilha de Leitão. Ele a ergueu e disse:

– Aqui. Um Efalante ofereceria uma bolota para você?

Leitão franziu a sobrancelha, pensativo:

– Ofereceria... se estivesse tentando me enganar!

Christopher soltou uma risada e achou que Leitão só poderia estar brincando. Mas então, num piscar de olhos, Leitão pegou a bolota e saiu correndo. Por sorte, o porquinho não era muito ágil. Christopher o observou correr até um buraco no alto de uma árvore caída e, depois, entrar nele.

Ao segui-lo, Christopher pôde ouvir vozes abafadas do lado de dentro. Ele se curvou, aproximando a cabeça da abertura.

As vozes ficaram mais claras e ele logo identificou Coelho.

– Leitão – ele dizia –, você não tem nada na cabeça! Você o trouxe diretamente até nós. Estamos perdidos!

Christopher inclinou-se um pouco mais.

– Olá, pessoal! – ele disse, falando na abertura do buraco.

Como resposta, Tigrão saiu. Suas patas estavam em posição de luta e ele estava pulando mais do que de costume, o que fazia com que parecesse um borrão laranja e preto. Mas apesar de estar fingindo ser valente, era claro que estava apavorado, principalmente pela maneira como disse:

– Eu vou pegar você, vou bater em você...

– Tigrão – Christopher disse, já acostumado com essa coisa de não ser reconhecido. – Sou eu. Christopher Robin.

Ele se abaixou e colocou a cabeça dentro do buraco da árvore. Dentro, todos juntos, ele viu Coelho, Corujão, Can, Guru, e, logicamente, Leitão. Ao verem a cabeça de Christopher sem seu corpo, todos gritaram em uníssono.

Então, lentamente, o grito foi se aquietando. Dentro da árvore, eles olharam um para o outro. E para Christopher. E um para o outro mais uma vez. Seria possível? Christopher Robin poderia ter voltado? Por fim, Ió se aproximou. Esticando seu pescoço, ficando com o focinho colado no nariz de Christopher, ele olhou em seus olhos.

– É Christopher Robin – ele garantiu, assentindo. – Posso ver em seus olhos.

Um a um, o restante do grupo foi saindo e fazendo sua própria verificação de Christopher. Ele esperou, pacientemente. Deixou Tigrão apertar seu nariz e Guru tocar seu rosto. Satisfeitos, eles recuaram e deixaram Corujão se aproximar. O sábio pássaro aproveitou a sua vez. Ele chegou mais perto.

E se afastou. E se aproximou uma vez mais, sem nem piscar seus grandes olhos. Por fim, ele concordou:

– Ah, sim. É nítido. Muito claro. Nunca duvidei.

Christopher abriu a boca para contradizê-lo, mas se conteve. E Corujão prosseguiu:

– Você quer se juntar a nós, Christopher Robin? Estamos nos escondendo dos Efalantes.

– O Efalante era apenas seu antigo cata-vento quebrado, Corujão! – Christopher explicou, endireitando-se.

Colocando a cabeça para fora do buraco, Coelho se impacientou e, virando-se para os outros, comentou:

– Oh, coitado, ele está confuso. Acontece com os mais velhos. – Ele voltou sua atenção para Christopher. Falando com ele como se ainda fosse uma criança, ele explicou que um cata-vento e um Efalante eram duas coisas diferentes.

– Coitado – Can disse com seu jeito maternal e carinhoso.

Ela ergueu a voz, como se falasse com alguém com dificuldade de escutar. – Um Efalante não é mesmo um cata-vento, querido.

Christopher ficou lá, sem saber se ria ou se chorava. Ele sabia que estava diferente. Sabia que estava muito mais velho do que da última vez que havia visitado o Bosque dos Cem Acres. Mas ele não era um inválido. E não tinha perdido a audição – nem a inteligência. Mas antes de poder destacar qualquer uma dessas coisas, todos os demais fizeram seus comentários óbvios sobre as diferenças entre cata-ventos e Efalantes.

– Isso mesmo – Tigrão concordou. – A criatura é real. Nós ouvimos seus rugidos essa manhã. Foi como todos acordamos. Ele está por aí.

Corujão concordou.

– E pior, Pooh está desaparecido.

Colocando a cabeça para fora da bolsa na barriga da mãe, Guru olhou em volta, nervoso.

– E eu… eu não saio daqui até essa criatura ter ido embora para sempre – ele avisou, seus grandes olhos cheios de medo.

– Mas não existem monstros – Christopher assegurou depois de todos terem falado, tentando tranquilizá-los. No entanto, não funcionou. Em vez disso, todos se encolheram, com o mesmo medo de antes. Dizer a eles que o monstro não era real não o ajudaria em nada. Christopher precisava levar o medo deles a sério se quisesse que parassem de tremer e que acreditassem nele. – Bem, claro. Nada de monstros. Exceto pelos Efalantes.

– E as Dinonhas – Corujão acrescentou.

Christopher assentiu.

– Err, sim – ele concordou. – E Dinonhas. E você está certo, Guru. Temos um assustador Efalante por perto e chegou a hora de derrotá-lo. – Com um passo para trás e ignorando o olhar de Ió, que sabia que a criatura não era real, Christopher saiu pela clareira procurando por um "Efalante". Ao ver um alto carvalho em uma das extremidades da clareira, ele apontou e gritou, esforçando-se ao máximo para parecer assustado enquanto enfrentava a árvore. – Ali está! Pare, Efalante!

Christopher sabia que a cena parecia ridícula. Até Ió estava revirando os olhos. Então, sussurrando ele perguntou:

– Você vai ser parte do problema ou vai me ajudar com a solução?

Ió se encolheu.

– O que você acha que combina mais comigo?

Christopher lançou outro olhar para o burro. Se ele queria derrotar um Efalante, ele precisaria ser esperto. Com seu guarda-chuva e sua maleta, ele fingiu seguir o Efalante para fora da clareira. Por cima do ombro, gritou uma promessa de acabar com o Efalante de uma vez por todas. E, então, desapareceu no meio das árvores.

ONZE

Christopher não acreditava até onde tinha ido. Ele estava a ponto de lutar com um Efalante. O que, obviamente, era uma fantasia, já que não existiam tais criaturas. Então, na verdade, ele estava lutando com seu casaco, recheado com folhas e amarrado com seu cinto.

– Isso é uma total idiotice – Christopher reconheceu ao pegar o guarda-chuva e começar a empurrar o Efalante para a margem da clareira. Ele precisava que todos testemunhassem a luta que resultaria na derrota da assustadora criatura, mas não queria que assistissem muito de perto para que não pudessem ver o que ele realmente estava combatendo.

Christopher jogou a maleta no chão e pisou sobre ela, girando e ficando de costas para a plateia. Então, começou a "lutar" com o Efalante. Ele brandia o guarda-chuva como se fosse uma espada, em movimentos amplos.

– Ei, seu Efalante! – Christopher gritou. – Eu vou lhe dar uma lição por assustar meus amigos assim!

Mudando de papel, ele rugiu, como se fosse o Efalante.

De um lado para o outro, Christopher interpretava o herói e o Efalante. Ele batia os pés e soltava fortes rugidos. Na sequência, gritava, como se estivesse sendo atacado. Depois de um tempo, Christopher percebeu que estava gostando da encenação. Ele se esqueceu de que os outros o estavam assistindo. Esqueceu-se de que o Efalante não era real. Esqueceu-se da Malas Winslow, da iminente demissão dos funcionários e do fato de que sentia falta de passar mais tempo com sua família. Ele se perdeu no momento em que simplesmente estava se divertindo.

– Oh, não! – Christopher gritou, golpeando desesperadamente a criatura, como se ela estivesse se aproximando. – Estou pronto para isso! Você não vai me vencer! – Ele dava golpes fortes com o guarda-chuva. Então, abaixou-se e jogou algumas folhas no ar, fazendo parecer que havia ferido a criatura.

Assistindo tudo da segurança do tronco cortado, os outros esperavam para ver o que aconteceria. Tigrão, que nunca foi bom em esperar tranquilamente durante uma situação mais calma, pulava de um lado para o outro, freneticamente.

– Olha lá! – ele disse, animado. – Ele está dando uma surra nesse tal Efalante! Oooh! Eu adoraria ir lá e dar eu mesmo um ou dois socos nesse monstro! – Tigrão ergueu as patas como se fosse um boxeador.

ONZE

– E por que não vai? – Can perguntou.

Tigrão olhou para baixo; de repente, ele não parecia mais tão corajoso como um minuto atrás.

– Humm... Bem... – ele gaguejou. Então, apontou para Christopher, que, enquanto o observavam, levantou-se do chão, onde estava caído. – Christopher tem tudo sob controle – Tigrão concluiu.

Tecnicamente, isso era verdade – embora Christopher estivesse se dando uma surra. Ao parar ao lado de Ió, ele estremeceu quando seu pé se torceu levemente sob ele. Tomado pela diversão, ele se esqueceu de que não era mais um garotinho de sete anos brincando de faz de conta. Seus ossos e seu corpo não tinham mais o mesmo vigor.

– Patético – Ió resmungou diante da dor de Christopher, ainda sem demonstrar estar impressionado pelo espetáculo. – É isso que é.

Como resposta, Christopher fingiu ser puxado pelo Efalante. Seus dedos fincaram no chão e, então, acidentalmente, ele puxou o rabo de Ió. Houve um som de rasgo e logo o rabo do burro soltou-se em sua mão.

– Lá vai meu rabo – Ió disse. – Que previsível.

– Oh, não! O rabo não! – Christopher gritou, usando o erro para dar mais ação e construir o clímax da luta.

Sobre o tronco cortado, todos assistiam com os olhos arregalados, muito nervosos – e curiosos – para saber o que iria acontecer a seguir. Enquanto Ió achava tudo patético, os outros estavam acreditando piamente na luta. Sem querer decepcionar sua plateia, Christopher deu tudo o que tinha nos momentos finais de sua encenação.

– Tome isso, seu animal estúpido, egoísta e sem graça! Não tenho medo de você! Seu Efalante fediiiiiiiiiido! – Sua voz foi desaparecendo à medida que o silêncio pairava sobre a clareira.

Um momento depois, o casaco de Christopher vou pelo ar e, lentamente, foi caindo, flutuando – até chegar ao chão.

– O Efalante ganhou dele, mamãe? – Guru perguntou, já que Christopher não reapareceu imediatamente. Seu lábio inferior tremeu e ele começou a choramingar.

Todos pareciam tristes. Eles haviam conseguido ver a maior parte do que estava acontecendo, mas como estavam longe, não puderam ver tudo. E pelas últimas palavras que tinham escutado, parecia que Christopher tinha dado o melhor de sua valentia no combate contra o Efalante. Mas... teria sido o suficiente?

– Nós vencemos!

A voz de Christopher, triunfante, chamou a atenção de todos, que ergueram os olhos para a margem da clareira.

ONZE

Sujo e desalinhado, mas com um enorme sorriso no rosto, Christopher apareceu.

– Hip-hip-hurra! – Todos se juntaram na comemoração, saindo de cima do tronco cortado. – Hip-hip-hurra!

– Já... já podemos comemorar? – perguntou Leitão.

Christopher sorriu.

– Excelente ideia! – ele disse, contente por ver todos felizes. Ele nunca havia se dado conta de como era prazeroso derrotar um monstro falso. Mas, então, seu sorriso desapareceu e ele franziu o cenho. – Mas ainda tenho que encontrar Pooh.

– Você é Christopher Robin – argumentou Guru, já sem nenhum vestígio de tristeza. – Você vai encontrá-lo em Algum Lugar.

Olhando para o jovem canguru, Christopher desejou ter a mesma esperança em si mesmo que seus amigos tinham. Mas ele já havia percorrido todo o bosque. Parecia pouco provável que fosse encontrar Pooh com facilidade. Então, as palavras de Guru foram assimiladas e, repentinamente, a expressão de Christopher se iluminou.

– É isso, Guru! – ele gritou. – Ele está esperando que Algum Lugar chegue até ele!

***

Christopher parou e olhou para a colina gramada à sua frente. Ao seu lado, os demais se entreolharam, querendo saber o que fariam a seguir. Eles o haviam ajudado a chegar ao Lugar Encantado – o local onde ele havia se despedido de Pooh muitos anos antes. Mas, por algum motivo, todos sentiam que Christopher deveria dar os últimos passos sozinho.

Christopher deixou de lado seu casaco imundo e sua maleta, acenou para seus amigos e, depois disso, começou a subir a pequena colina. Ficou surpreso por perceber como estava nervoso, como se estivesse indo ao encontro de um desconhecido, e não de seu amigo de infância. Então, entendeu que não estava nervoso. Estava se sentindo culpado. O único motivo pelo qual Pooh tinha ido para lá havia sido a maneira como ele o mandou embora.

Ao chegar ao alto da colina, Christopher sorriu. Ali, exatamente como havia imaginado, estava seu amigo Pooh. O ursinho estava sentado sobre um tronco cortado, de costas para Christopher. Em sua mão, ele segurava o balão vermelho.

– Olá, Pooh – Christopher disse, com delicadeza, ao aproximar-se.

Pooh se virou e sorriu para ele, como se o estivesse esperando.

– Olá, Christopher Robin – ele respondeu.

ONZE

Por um longo momento, os dois amigos apenas se olharam. Então, com um pouco de hesitação, Christopher deu um passo adiante.

– Eu sinto muito, Pooh. – Sua voz era doce e cheia de remorso. – Eu sinto muito mesmo. Nunca deveria ter gritado com você.

– Mas eu sou um ursinho não muito esperto – Pooh respondeu.

Suas palavras não tinham um tom de acusação ou de irritação. Era apenas a declaração de um fato, um reconhecimento, o que fez o coração de Christopher ficar ainda mais apertado.

– Eu acho – ele disse, balançando a cabeça –, que você é um ursinho com um coração muito grande.

Emocionado com as palavras de Christopher, Pooh baixou a cabeça e suas bochechas coraram. Christopher entendeu isso como um sinal de que havia sido perdoado. Ele contornou o tronco, sentando-se ao lado de Pooh.

– Você vai gostar de saber que todos estão bem. Eles estavam se escondendo de um Efalante, que, na verdade, bem, era eu mesmo. E o cata-vento do Corujão. – Juntos, eles fitavam o horizonte. A neblina havia desaparecido e o sol brilhava forte sobre o bosque, deixando-o mais bonito.

– Obrigado por ter me esperado.

– Sempre faz sol quando Christopher Robin vem brincar – Pooh observou, dando um grande sorriso para seu amigo.

Christopher tentou retribuir o sorriso, mas ele se sentia mal com a situação.

– Não tenho muita certeza a respeito disso – ele disse, por fim, olhando para suas mãos. Sob a sujeira, estavam se formando bolhas por conta da "luta" com o Efalante. – Não sou mais quem eu costumava ser.

Pooh balançou a cabeça.

– Mas é claro que é – ele assegurou. – É o nosso amigo. É só ver como salvou todos nós hoje. Você é o nosso herói.

Erguendo os olhos, Christopher encarou a expressão de Pooh. O ursinho estava olhando para ele com absoluta confiança e credulidade. Era assim que Evelyn também costumava olhar para ele. A maneira como Madeline *ainda* olhava para ele, de vez em quando. Era como sua equipe olhava para ele. Mas, por muito tempo, ele nem se deu conta disso. Pior ainda, por muito tempo ele não se importou. Escutar seu amigo de infância chamá-lo de herói fez Christopher se sentir, ao mesmo tempo, maravilhosamente bem e como se escutasse a maior mentira do mundo.

– Não sou um herói, Pooh – ele assegurou, quase em um sussurro. – Eu... estou perdido.

A resposta de Pooh foi rápida e perfeita:

ONZE

– Eu achei você, não achei?

Inclinando-se mais para perto, o ursinho envolveu Christopher com seus braços o tanto que pôde. E apertou.

No abraço do ursinho, Christopher sentiu seu corpo ficar tenso. Ele se moveu, desconfortável, sem saber muito bem o que fazer. Então, uma vez mais, pensou em Evelyn. Pensou no primeiro abraço que deram, quando começaram a namorar. Em como ele se derreteu com aquele gesto e se sentiu em casa. Pensou na primeira vez que carregou Madeline em seus braços. Ela era tão pequena – e ele tinha muito medo de machucá-la. Mas ela, também, derreteu-se em seu abraço. Seu coração nunca foi tão pleno como naquele momento.

E de repente, do nada, algo dentro de Christopher mudou. Seu coração, que estivera fechado por tanto tempo, se abriu. Ele se inclinou, para conseguir um ângulo melhor, e abraçou Pooh de volta. O ursinho soltou um longo e feliz suspiro, e Christopher sentiu seu amigo se derretendo ao seu lado. Ambos se viraram para poder observar o vale que estava abaixo e Christopher viu o sol começar a baixar no horizonte. Seus ombros, que já não estavam baixos por conta do incrível peso das preocupações, pareciam leves. Seu coração, aberto às possibilidades, parecia jovem e forte outra vez. À medida que o sol se punha mais e mais, e as estrelas começavam a aparecer, Christopher se permitiu um momento de relaxamento. E no instante antes de fechar os olhos e adormecer, com Pooh ainda a seu lado, Christopher percebeu que, naquele instante... ele estava feliz.

* * *

Infelizmente, a sensação durou pouco. Apenas uma noite.

Christopher acordou de repente e viu que o sol já estava alto. Ao seu lado, Pooh continuava dormindo. Ele se sentou quando Leitão, que havia sido enviado para acordá-los, o cutucou. O assustado porquinho deu um salto para trás quando Christopher arregalou os olhos e ficou de pé.

– Oh, não. Oh, não. Oh, não! – ele gritou.

Seus ombros se enrijeceram imediatamente e seu coração acelerou com a ansiedade. Ele tinha passado a noite no Bosque dos Cem Acres! Isso não era bom. Nada bom. Ele precisava estar em Londres!

– O que foi? – Pooh perguntou, acordando lentamente.

– É amanhã! – Christopher respondeu.

– Geralmente é hoje – Pooh parecia confuso.

Apesar da atual onda de pânico que o dominava, Christopher não pôde evitar sorrir diante do comentário sensato do ursinho.

– Bem, sim – ele concordou. – Lógico, é hoje. O que significa que passei a noite aqui e que preciso estar no escritório em... – Christopher olhou para o relógio, mas ele estava quebrado. Soltando um grito, ele passou a mão por seu cabelo desgrenhado. – Como deixei isso acontecer? E as minhas coisas!

Ao começar a correr de um lado para o outro, Corujão, Coelho, Ió e os outros se aproximaram. Eles haviam dormido por perto – como tinham reencontrado Christopher Robin, não queriam perdê-lo. Mas ao chegarem mais perto, ficou claro que ele partiria novamente em breve.

– Não se preocupe – confortou-o Corujão. – Como meu tio Orville costumava dizer, "Preocupação é o caminho para a perturbação". – Ele virou a cabeça para um dos lados e piscou seus grandes olhos. – Ou seria "Preocupação é o caminho para a confusão"? Oh, não... era...

O restante do grupo passou por Corujão, indo na direção de Christopher. Eles estavam com seu casaco e sua maleta. Can balançou a cabeça e sorriu com seu jeito doce e gentil.

– Temos todos os seus pertences já limpos e secos – ela informou.

Christopher retribuiu o sorriso, tocado pelo cuidado que tinham tido com ele.

— Obrigado — ele agradeceu, pegando a maleta. Imediatamente sua expressão mudou. Mais uma vez, Christopher tinha a aparência de um homem sério de negócios, não mais a de um alegre garotinho brincando de faz de conta no bosque. — Não podia me esquecer da minha maleta de Coisas Importantes. Sinto muito por ter que partir. Mas já fiquei aqui tempo demais. — Christopher vestiu o sobretudo e pôs a mão no bolso. Seus dedos se fecharam em torno de um objeto de metal. Sua bússola. Ele a apanhou e a entregou a Pooh. — Fique com isso. Assim, se alguém se perder de novo, você pode encontrá-lo.

— Obrigado, Christopher Robin — Pooh disse. Então, muito sério, como se fosse algo de grande valor, Pooh se virou e entregou o balão vermelho, que ele havia amarrado no tronco. — E você deve levar isso. Para Madeline.

Instintivamente, Christopher começou a balançar a cabeça, em negação. Mas, ao olhar para seu velho amigo, ele se deteve, esticou a mão e pegou o balão.

— O que é Madeline? — Guru perguntou. O pequeno canguru estava esperando que fosse poder brincar com o balão vermelho e ficou um pouco decepcionado que Christopher Robin fosse levá-lo. — É mais importante do que sua maleta de Coisas Importantes?

ONZE

– Bem, sim, claro. Com certeza – Christopher respondeu. – Ela é tudo para mim.

– Então, por que ela não está com você? – Guru questionou.

Antes de poder responder, Pooh se adiantou, dando um passo à frente. Ele colocou uma pata sobre o ombro de Guru.

– Ela tinha trabalho a fazer, Guru – Pooh explicou, muito sério, repetindo o que havia escutado de Christopher quando passaram pela casa de campo.

Escutar isso de Pooh fez Christopher perceber como aquilo soava péssimo.

– Oh, coitada – disse Can, triste, parecendo concordar com o pensamento de Christopher.

– Não, ela... – Christopher balbuciou, tentando fazer com que a situação parecesse melhor, apesar de saber que não conseguiria. – Ela gosta... de trabalhar. – Ele parou e suspirou. Estava perdendo seu tempo. – Olha, eu preciso correr. Adeus para todos. Foi bom vê-los outra vez.

Então, antes de poder se arrepender ou começar a se sentir mal por estar abandonando seus amigos recém-encontrados, Christopher se virou e partiu.

Atrás dele, os animais o observaram, seus olhos arregalados. O silêncio tomou conta da colina. Leitão pegou a pata de Pooh na sua. Parecia que eles precisariam encontrar um jeito de seguir sem Christopher Robin – de novo.

DOZE

Christopher voltou rapidamente até a árvore com a porta verde que o levaria de volta para casa. Abaixando-se, ele se encolheu ao sentir a dor em suas articulações. Sua luta contra o Efalante tinha sido intensa e seu corpo, que já estava mais velho e menos flexível, estava dando o recado de que ele havia exagerado. Segurando um gemido, Christopher entrou pela porta e saiu, um momento depois, atrás da casa de campo da família. Por força do hábito, ele olhou para o relógio, que continuava quebrado. Mas não importava. Ele sabia que se quisesse pegar o trem e chegar na cidade, precisaria se apressar.

Acelerando o passo, correu por entre as árvores. O balão vermelho balançava e serpenteava no ar atrás dele. Atraído por um lampejo do vermelho, Christopher sentiu uma nova onda de culpa ao se dar conta de como havia abandonado Pooh e os outros rapidamente. Uma parte dele queria ter ficado para aproveitar a liberdade que sentira por esse breve período. Mas ao sair do bosque e pisar no gramado, ele viu sua casa. Um lembrete real de suas responsabilidades.

Christopher segurou a respiração enquanto atravessava o gramado. A última coisa de que ele precisava era chamar a atenção de Evelyn ou Madeline. Elas teriam muitas perguntas. Mas, assim que chegou à casa, viu sua antiga bicicleta, de quando era criança, apoiada na parede. O cordão do balão puxava seu pulso. Olhando em volta para garantir que a barra estava limpa, ele se aproximou e prendeu o balão no guidão da bicicleta. Seria uma boa surpresa para Madeline, quando ela saísse.

– Papai!

O agudo grito de alegria de Madeline fez Christopher parar assim que se virava para partir. Ao olhar para cima, viu o rosto de sua filha na janela do quarto. Como se repentinamente tivesse ficado invisível, ele se abaixou. Mas Madeline continuava podendo vê-lo.

– Pai? – ela repetiu, abrindo a janela e olhando para baixo. – O que você está fazendo aqui?

Christopher olhou para sua filha e, depois, novamente para a estrada. Ele poderia sair correndo, fingir que não a havia visto ou ouvido. Em vez disso, ele gemeu. Essa era a coisa mais estúpida que ele já havia pensado em fazer. Era óbvio que ele não podia simplesmente fugir de sua filha.

DOZE

– Você estava no bosque? – Madeline perguntou.

– Sim, mas... – Christopher engasgou, sem saber o que dizer. Ele não podia simplesmente dizer que tinha passado por uma porta que levava a outra parte do bosque e que havia passado o dia brincando com seus amigos de infância, que, além disso, eram animais. Isso pareceria loucura!

Foi então que Evelyn abriu a porta. Ao ver seu marido, ela inclinou a cabeça, confusa, e foi possível ver um lampejo de esperança em seu olhar – que diminuiu quando Christopher se encolheu, pedindo desculpas.

– Eu sinto muito mesmo – ele disse para esposa e para a filha –, mas preciso ir.

– Você não pode ficar? – A voz de Madeline era mais baixa e sua expressão era de tristeza, não mais de esperança.

Vê-la assim partiu o coração de Christopher e ele silenciosamente se recriminou por ter parado para prender o balão. Se tivesse seguido seu caminho, não estaria nessa situação, tentando se explicar para sua família.

– Não, querida – ele disse, por fim. – Tenho uma reunião às onze horas e estou muito atrasado.

O rosto de Madeline murchou. Recuando, ela fechou a janela e desapareceu. Ao seu lado, Evelyn soltou um forte suspiro.

– Eu sinto muito – Christopher se desculpou outra vez. – Não queria que tivessem me visto. Mas eu preciso estar no próximo trem. – Enquanto dizia tais palavras, Christopher sabia que sua justificativa era fraca. Para sua família, parecia que ele havia aparecido repentinamente apenas para dar meia-volta e ir embora.

Evelyn o encarou por um bom tempo, em silêncio. Seu olhar era frio e, quando finalmente se pronunciou, as palavras foram geladas.

– Bom, então é melhor você ir de uma vez – ela disse.

– Existe uma boa explicação para isso – Christopher disse. – Eu garanto.

– Eu adoraria escutá-la – Evelyn respondeu, cruzando os braços e esperando.

Christopher a encarou, tentando encontrar algo além da frieza no olhar de sua mulher. Ele queria lhe contar tudo. Queria se desculpar, e queria que ela entendesse que ele não estava tentando estragar as coisas. Christopher queria lhe contar sobre suas aventuras no Bosque dos Cem Acres e como ele havia derrotado um Efalante e encontrado o Ursinho Pooh. Se fosse na época em que começaram a sair juntos e depois, quando se casaram, ele *teria* lhe contado. Teria contado sabendo que ela acreditaria nele e ficaria encantada. Mas

DOZE

ao continuar olhando em seus olhos, Christopher percebeu que ele tinha ido longe demais. Que ela estava tão irritada que não seria possível lhe contar nada. E, ao mesmo tempo em que sabia que era tudo sua culpa, a dor seguia sendo horrível.

– Eu não posso – ele disse, com a voz baixa.

O silêncio que veio a seguir foi ensurdecedor.

Virando-se para entrar em casa, Evelyn olhou para trás, por cima do ombro. Não havia nada em seu olhar além de decepção. Era uma expressão ainda pior do que o que ela estava sustentando até então.

– Acho que eu e Madeline devemos ficar um pouco mais aqui – ela comunicou. – O campo nos faz bem.

Christopher sentiu o sangue se esvaindo de seu rosto. Ele se lembrou da noite, na casa em Londres, quando decidiu não viajar e achou ter ido longe demais. Talvez, naquele momento, ele ainda não tivesse chegado ao limite, mas certamente parecia que agora, sim, havia chegado. E não era possível culpar Evelyn.

– Você acha que é o melhor a se fazer? – Christopher indagou.

– Sim, acho.

– Por quanto tempo? – ele perguntou, sem querer realmente escutar a resposta.

– Eu não sei, Christopher – Evelyn disse, encolhendo os ombros. Ela se virou, subiu a escada e abriu a porta, olhou para o relógio e suspirou: – Você vai perder o seu trem. – Sem mais nenhuma palavra, ela entrou em casa e fechou a porta.

Por um longo momento, Christopher ficou parado ali, plantado no lugar. Sua respiração presa no peito, como se estivesse afundando em areia movediça. Ele precisava partir. Precisava. Era a coisa responsável a ser feita. Se ele não fosse à reunião, seria demitido e a empresa, provavelmente, fecharia suas portas. Mas se ele *fosse*, o que aconteceria com seu casamento, com sua vida?

Olhando uma última vez para a janela do quarto de sua filha, Christopher soltou um triste suspiro. Então, virou-se e saiu correndo. A cada vez que seus pés tocavam o chão, ele pensava se teria arruinado tudo.

✳ ✳ ✳

Madeline olhou para a estante. Em sua mão, ela segurava um dos livros didáticos da lista de leitura para o verão. Ela já o havia lido e também escrito o relatório. Na verdade, ela já havia lido e feito o relatório de todos os livros da lista. Era chegado o momento de deixar os livros de lado. Mas, por alguma razão, ela se sentia hesitante em fazê-lo.

Ela ainda não podia acreditar que seu pai havia estado ali… na casa de campo. E que ele simplesmente tinha ido embora. Madeline não entendia. O que ela tinha feito de errado? Tinha dito alguma coisa? Fizera toda a lição diligentemente porque era isso que seu pai desejava. Até o momento, apenas tinha saído de bicicleta uma única vez. Por que ele não ficou? A garota olhou para o livro em sua mão. Ela gostava de livros porque eles trazem respostas. Eles fazem sentido. E seu pai não fazia sentido para ela – ao menos não mais.

O som de passos na escada chamou a atenção de Madeline, que olhou por sobre o ombro e viu sua mãe se aproximando com um copo de leite e um prato de bolachas.

– Acho que não quero comer agora – Madeline disse, rejeitando uma das bolachas que sua mãe lhe oferecia.

– Está bem! Você já sabe esses livros de cor e salteado – Evelyn disse, tentando parecer alegre. A expressão no rosto de sua filha era de partir o coração. Ela era uma garotinha. Uma garotinha passando um tempo no campo. Mas em vez de estar do lado de fora, ela estava em seu quarto, estudando. Observando-a cuidadosamente colocar o livro na estante,

Evelyn perguntou: – Querida, o que você *gostaria* de fazer?

Madeline inclinou a cabeça. O que ela *gostaria* de fazer? Ela, sinceramente, não sabia. Como havia terminado de estudar, não havia nada que *precisasse* fazer. A garota suspirou. O que ela queria de verdade era ver seu pai. Mas ele tinha ido para a cidade, então, isso era impossível. Ela olhou em volta do quarto e seus olhos pousaram em uma caixa de brinquedos.

– Eu queria brincar – ela disse, determinada.

– É? – sua mãe perguntou, surpresa.

A esperança preencheu Evelyn. Talvez, a rápida aparição de Christopher não tivesse deixado Madeline devastada como ela achou que aconteceria. Talvez ela pudesse se permitir, ao menos uma vez, ser criança e relaxar. Mas, então, Madeline continuou seu raciocínio e a esperança de tal conquista se foi.

– Sim – a garotinha confirmou, como se estivesse respondendo a uma pergunta de prova. – Eu vou brincar mais e melhor do que qualquer outra criança já brincou.

– E se divertir mais também? – Evelyn questionou.

Madeline se encolheu.

– Está bem. Também vou me divertir.

Evelyn suspirou. Havia tanto de Christopher em Madeline.

DOZE

Quando era um bebê, Evelyn a achava tão doce e ficava horas a fio olhando para o rosto de sua filha, sorrindo diante da mistura de traços dela com os de seu marido. Mas agora, ela percebia que isso não era algo bom. Se Evelyn não fizesse algo a respeito, sua filha cresceria mais rápido do que devia.

– Vá brincar lá fora – Evelyn sugeriu, tentando ocultar a tristeza em sua voz. – Mais tarde tomamos um chá.

Contente por ter ordens a seguir, Madeline se virou e saiu. Ao vê-la se afastar, Evelyn xingou Christopher em silêncio. *Você deveria estar aqui para dar um jeito nisso*, ela pensou. *Deveria estar aqui para brincar com sua filha*. Mas, em vez disso, seu marido havia escolhido o trabalho – mais uma vez.

***

Pooh se sentia engraçado. Ele não conseguia atinar com aquilo, mas desde que Christopher havia partido do Bosque dos Cem Acres, o ursinho se sentia estranho. A caminho da casa de Leitão, Pooh achou que podia estar com fome. Afinal de contas, não comia mel há algum tempo, e o ursinho precisava de mel para se sentir ele mesmo.

No armário da cozinha de Leitão, Pooh encontrou um único pote do doce néctar. Mas ele estava vazio. Então ele se virou para seu amigo e soltou um suspiro diferente:

– Eu não me sinto muito como Pooh hoje.

Leitão se aproximou e pegou a pata de Pooh.

– Calma – ele disse com gentileza. – Eu vou lhe trazer chá e mel para você se sentir bem.

Pooh concordou. Chá e mel realmente parecia, *sim*, uma boa ideia. Talvez se ele consumisse bastante dos dois, a estranha sensação em seu estômago desapareceria. O ursinho desejava, entretanto, que Christopher tivesse ficado e tomasse chá com mel junto com ele. Foi bom ter seu amigo de volta. Pooh não havia se dado conta de como o Bosque dos Cem Acres ficava estranho sem ele por perto. Mas agora que ele havia partido, sua ausência podia ser sentida com clareza. E a neblina já estava começando a voltar a aparecer entre as árvores e o sol brilhava menos.

Ao ouvir uma movimentação do lado de fora, Pooh se virou e viu Tigrão saltando para dentro da casa de Leitão, carregando um grande pote de mel. Ele trazia um enorme sorriso no rosto e saltava mais do que de costume. Ao que parecia, a sensação estranha que Pooh sentia não estava afetando os outros.

DOZE

– Olá, amigos! – Tigrão os saudou.

– Bem na hora! – Pooh comemorou, pegando o pote e levantando-o à altura de seu rosto. Mas em vez de encher a boca de mel, ele foi atingido no nariz por alguma coisa. Afastando a cabeça para trás, viu que era a grande pasta marrom que Christopher Robin carregava consigo. – Tigrão! Por que você tirou isso da maleta de Coisas Importantes? – ele perguntou.

– Precisava de espaço! – Tigrão respondeu. – De mais espaço! Então, tirei essa pasta. Abri espaço para as Coisas Importantes de verdade.

– O que acontece com Christopher Robin sem isso? – Leitão perguntou. Sua voz soava nervosa e ele buscava bolotas.

Pooh levou a pata ao Lugar de Pensamentos. Aquilo não era bom. Ele não conseguia lembrar exatamente o que Christopher havia dito – provavelmente porque a falta de mel estava confundindo seus pensamentos – mas sabia que seu amigo precisava daqueles papéis. Ele deu mais uma batida em seu Lugar de Pensamentos, e mais outra, com mais força. *Pense, pense, pense*, ele dizia para si mesmo. O que iria acontecer a Christopher Robin? Então, ele soltou um grito. Pooh se lembrou!

– Christopher disse que uma Dinonha iria comê-lo de café da manhã!

Os outros engasgaram.

Pegando a pasta marrom, Pooh cruzou a porta. Ele precisava devolver aquilo para Christopher antes que o comessem! Virando-se para seus amigos, indicou para que o seguissem. Eles precisavam encontrar Christopher antes que fosse tarde demais!

***

Madeline havia decidido jogar tênis. Ela substituiu a bola pelo balão vermelho que encontrou preso ao guidão da bicicleta. Amarrou-o na rede da quadra de tênis que ficava atrás da casa e batia nele com a velha raquete de madeira que havia encontrado. Ela não era boa em fazer nada pela metade, então, Madeline não estava fingindo jogar tênis simplesmente, mas sim jogar tênis em Wimbledon.

Erguendo o braço, ela assumiu o papel de locutor:

– Madeline Robin, sacando pelo título de Wimbledon – ela disse para sua plateia imaginária. Ela abaixou o braço, acertando o balão contra o chão. – E é um *ace*! Ela vence! A multidão enlouquece!

Para sua surpresa, Madeline realmente escutou uma movimentação vindo do arbusto ao lado da quadra. Ela inclinou a cabeça para ouvir melhor. Então, aproximando-se com cuidado, tentou olhar dentro do arbusto. Mas ele estava muito cheio e ela não conseguia ver nada além de galhos e folhas.

– Olá? – ela chamou.

Ninguém respondeu. Mais curiosa, Madeline pegou uma bola e jogou contra o arbusto.

Um momento depois, a bola foi arremessada de volta.

– Quem está aí? – Madeline perguntou, com a voz aguda.

A garota sabia que não deveria ter concordado em sair para brincar. Era mais seguro dentro de casa. Nada de coisas invisíveis arremessando bolas ou festejando quando ela fingia fazer o ponto final em um campeonato de tênis.

De repente, as folhas do arbusto começaram a farfalhar e Madeline ouviu vozes. Parecia que diziam "Pare de empurrar" e "Ai!". Então, antes de poder sair correndo para encontrar sua mãe, três criaturas caíram do arbusto na quadra. Madeline balançou a cabeça, achando que estava vendo coisas. Mas mesmo depois de piscar e se beliscar várias vezes, as criaturas – um porquinho, um tigre rajado e um urso – continuavam ali. Eles eram exatamente como ela imaginava que bichinhos de pelúcia seriam, se fossem de verdade, o que não era possível...

– Olá – cumprimentou Leitão.

– Você deve ser Madeline – o ursinho disse, feliz.

Por sua vez, Madeline fez a única coisa que parecia sensata em tal situação: ela gritou. Afastando-se, a garota tropeçou em alguma coisa. Ao se virar, viu que a coisa na qual havia tropeçado era um pequeno burro azul.

– Sinto muito – o burro se desculpou.

Uma vez mais, Madeline gritou. Só que, dessa vez, o burro se assustou. Então, ele começou a correr em círculos. E ele continuaria assim se não tivesse batido na rede e caído sobre a quadra.

Erguendo as patas, o ursinho se aproximou.

– Sentimos muito – ele disse. – Não queríamos interromper o seu jogo.

Madeline respirou fundo algumas vezes, tentando se acalmar. Mas não funcionou. Aquilo não fazia sentido. E ela gostava de coisas que faziam sentido.

– Vocês... vocês falam – ela disse, finalmente.

– Eu? – questionou o urso, colocando a pata sobre o peito, e balançou a cabeça. – Não. Quase não falo. Bem, agora estou falando bastante, acho.

Madeline ficou olhando para o urso falante, seus pensamentos em turbilhão. Apesar de ser uma situação estranha,

DOZE

havia algo de muito familiar naquele urso. Era como se ela já o tivesse visto em algum lugar antes. Ela tentou se lembrar. Mas não havia nenhum ursinho de pelúcia em sua casa, então, não podia ser isso. E ela não tinha muitas amigas... e a maioria de suas amigas tinha bonecas. Então, de repente, ela se lembrou exatamente de onde conhecia o urso.

– Já sei! – ela gritou. – Você é o urso dos desenhos do meu pai.

O ursinho sorriu e concordou.

– Ursinho Pooh – ele disse, apresentando-se. – Pooh, para ficar mais fácil. – Apontando para os outros, ele continuou: – Esses são Leitão, Ió...

– E eu sou Tigrão – a criatura com listras pretas e laranja disse, saltando e interrompendo Pooh. – T-I-GRRRRÃO.

Madeline não conseguiu conter o sorriso diante daquela criatura cheia de energia.

– E o que é um Tigrão? – ela perguntou.

Os outros resmungaram enquanto Tigrão começou a saltar pela quadra. Um enorme sorriso surgiu em seu rosto e ele começou a cantar:

– *O que é maravilhoso dos Tigrões* – ele cantava – *é que os Tigrões são maravilhosos! Em cima são de borracha, embaixo* eles têm molas. Eles pulam, saltam, sacodem e são divertidos, divertidos, divertidos. Mas o mais maravilhoso sobre os Tigrões é que eu sou o único!

Madeline aplaudia e ria quando Tigrão terminou com uma reverência.

Ao seu lado, Ió revirou os olhos.

– Ele faz isso sempre.

– Bem... olá – Madeline disse, sorrindo para todos.

Apesar de ser completamente inexplicável, os desenhos de seu pai estavam ali – e vivos. E se a música de Tigrão pudesse servir de pista, ela diria que eles eram muito divertidos.

– O balão vermelho deixou você feliz? – Pooh perguntou, entendendo o "olá" como um sinal instantâneo de amizade.

– Balões me deixam feliz.

– Foi você que deixou ele para mim? – Madeline perguntou, olhando para o balão que estava um pouco murcho depois de uma partida em Wimbledon.

Pooh balançou a cabeça.

– Não, foi Christopher Robin.

– Meu pai estava com você? – Madeline não se esforçou em esconder sua surpresa. No entanto, aquilo *explicaria* por que seu pai estava saindo do bosque tão cedo naquela manhã...

– Sim – Pooh respondeu. – Ele estava me ajudando a encontrar meus amigos.

– *E* ele nos salvou de um Efalante – Leitão acrescentou.

Tigrão apareceu, saltando:

– Mas ele deixou alguns Papéis Importantes. E *acho* que pode ter sido minha culpa.

– Foi sua culpa – Ió confirmou.

Em reação àquela resposta, Madeline tentou forçar um sorriso. Ela já havia entendido que Ió era o rabugento da turma. Mas um rabugento adorável. Os outros também eram adoráveis. Os desenhos de seu pai começaram a passar pela sua mente enquanto ela os observava explicando a situação. Seu pai havia desenhado os animais com tanta precisão, mas não havia sido capaz de capturar sua essência completa. Agora que estavam ali, diante de seus olhos, Madeline estava animadíssima.

– Então, estamos indo em uma expotição para Lon Driz – Leitão prosseguiu, pronunciando o nome da cidade de maneira equivocada.

Pooh assentiu, com firmeza.

– Se não entregarmos os papéis logo para ele, uma Dinonha de seu trabalho vai comê-lo no café da manhã.

Madeline fez uma careta.

– Uma... Di...? – Então, ela percebeu do que Pooh deveria estar falando. – Você deve estar se referindo ao chefe, o senhor Winslow.

Enquanto eles continuavam falando de sua "expotição", Madeline apenas os escutava parcialmente, pois havia se distraído. Ela estava começando a ter uma ideia. Se eles iam para Londres, ela iria com eles.

– Christopher Robin disse que devemos ir para o norte.

Ao se virar, Madeline viu que eles já estavam perto do portão. Ela correu para alcançá-los.

– Londres fica a noroeste, na verdade – ela corrigiu, juntando-se ao grupo. – Mas a estação está ao sul.

Pooh olhou para a bússola que Christopher lhe havia dado. O ponteiro estava apontando para o *N*. Ele franziu o cenho.

– Sul? Eu não conheço o sul.

Madeline sorriu.

– Não se preocupe – ela disse, pegando a bicicleta, que estava apoiada na parede da casa. – Eu conheço.

Então, um a um, ela colocou os animais na cesta que ficava diante do guidão e eles partiram em uma "expotição".

Mas, antes de partir, Madeline escreveu um bilhete. Afinal de contas, ela era responsável. A garota entrou na casa, correndo, pegou um pedaço de papel e rabiscou o seguinte: *Em expotição para o trabalho do papai – estou com seus papéis. Volto logo.* Satisfeita e achando que aquilo deixaria sua mãe feliz, Madeline prendeu o bilhete na porta e saiu correndo.

Agora, sim, eles podiam começar a expotição *de verdade*.

TREZE

Madeline estava começando a achar que aquela "expotição" seria mais difícil do que havia imaginado. Eles tinham conseguido cruzar a cidade e chegar à estação de trem sem muito problema, mas ao chegarem ali, as coisas começaram a se complicar. Madeline sabia que não podia simplesmente ir no guichê com quatro animais falantes. Por sorte, Pooh sabia o que fazer depois de sua aventura no trem com Christopher.

– Agora a gente brinca de "hora da soneca" – instruiu Pooh, explicando rapidamente como se brincava.

Quando os animais "adormeceram" em seus braços, Madeline se aproximou do guichê de passagens.

– Uma passagem, por favor – ela pediu. – E um mapa de Londres.

A garota procurou dinheiro em seu bolso para pagar a passagem e, acidentalmente, derrubou Ió. Ao cair no chão, ouviu-se o barulho do impacto.

– Ai – ele murmurou. – Pessoas.

Colocando um sorriso no rosto, Madeline rapidamente entregou o dinheiro ao vendedor. Então, pegou o mapa e saiu correndo. Eles precisavam entrar no trem antes de qualquer coisa como essa acontecer outra vez.

Por sorte, encontraram uma cabine vazia. Ao se instalar, Madeline pediu cinco xícaras de chá – quantidade que deixou o garçom confuso – e, então, recostou-se quando o trem já começava a sair da estação e partir do cenário campestre. Ao seu lado, Pooh se sentou alegremente, comendo um pouco de mel, enquanto os outros observavam a paisagem, exceto por Leitão, que estava se sentindo um pouco enjoado por conta do movimento do trem.

– Não pense nisso, Leitão – disse Tigrão, enquanto o porquinho tentava não vomitar. – Já sei! Eu vou ficar com essa gota... – ele acrescentou, apontando para uma gorda gota de chuva do lado de fora da janela – e você fica com essa. Vamos apostar corrida até a parte de baixo.

– Vale a ten-ten-tentativa – Leitão gaguejou, enquanto olhava pela janela.

Enquanto os dois amigos se divertiam com as gotas de chuva, Madeline os observava, sorrindo. Então, seu sorriso desapareceu.

TREZE

– Não vai ser divertido assim no colégio interno, Pooh – ela disse em voz baixa.

Por um breve momento ela havia sido capaz de se esquecer do mundo real que a aguardava quando deixassem a casa de campo. Mas, naquele momento, com a cidade se aproximando e vendo como seus novos amigos se divertiam, não pôde evitar a sensação de tristeza.

– Bem, então por que você não pode não ir? – Pooh sugeriu, como se fosse algo óbvio.

Madeline parecia pensativa.

– Se eu conseguir levar esses papéis para o meu pai – ela considerou, sua voz mais animada –, talvez ele fique tão feliz que não queira que eu vá. Os sonhos não são de graça, Pooh, você precisa lutar por eles. – Madeline fez uma pausa, as palavras de seu pai em sua cabeça. – Nada surge do nada.

Pooh concordou.

– Ah, sim – achando ter compreendido Madeline, ele completou: – Nada *sempre* leva à melhor Alguma Coisa.

– Como? – Madeline perguntou, aquele era um novo conceito para ela. Fazer nada não era uma opção em sua casa. – Quem disse isso para você?

A resposta de Pooh a surpreendeu:

– Christopher Robin.

Madeline balançou a cabeça.

– Isso não parece coisa do meu pai – ela argumentou.

– É porque sou eu, Pooh, que estou falando – o ursinho respondeu com sua inocência. Madeline começou a sorrir, apesar de tudo, mas, então, Pooh continuou. – Ele também disse que só fica feliz quando você está feliz.

O sorriso desapareceu por completo do rosto de Madeline. Isso sim era algo que *definitivamente* não parecia coisa do seu pai.

– Acho que você se confundiu, Pooh – ela disse, tentando não chorar.

Mas Pooh balançou a cabeça, negando.

– Oh, nós o escutamos dizer isso, escutamos, sim. Ou não me chamo Ursinho Pooh. E esse é o meu nome. Então, é assim.

Na sequência, Leitão soltou um grito ao ver sua gota escorregar pela janela em primeiro lugar. Madeline olhou para ele, feliz com a distração. A garota queria acreditar em Pooh. Mas se seu pai se importasse tanto com ela, por que estava sempre no trabalho e nunca tinha tempo para brincarem juntos? E, se se importava, por que ele queria mandá-la para o colégio interno? Ela se virou e olhou para a cidade, ao longe. Madeline não tinha as respostas. Ao menos, não ainda. Mas, talvez – apenas talvez – se ela o ajudasse a manter seu emprego e também o de seus colegas, conseguisse fazer com que ele mudasse de ideia.

* * *

Infelizmente, antes de Madeline poder pensar em fazer seu pai mudar de opinião, ela precisava ir da estação até a Malas Winslow. E isso significava pegar um táxi e, de alguma maneira, levar os quatro animais para o edifício sem que fossem vistos. Pegar o táxi foi mais fácil do que Madeline imaginava. Ela havia visto seus pais fazendo isso muitas vezes antes, então, sabia como fazer sinal para um grande carro preto e passar o endereço de destino. O que se mostrou quase impossível, entretanto, foi garantir que os quatro animais ao seu lado não chamassem atenção. Além de Pooh, nenhum deles já havia estado em Londres antes, e eles queriam ver tudo o que passava do outro lado da janela do táxi.

Levantando-se, Tigrão olhou pela janela. Mas em vez de ver os edifícios do lado de fora, deparou-se com seu reflexo. Ao achar que estava vendo um outro Tigrão, ele o ficou encarando, de boca aberta.

– Ei! O que...?

— Tigrão — Leitão sussurrou, nervoso. Ele olhou para o motorista bem no momento em que seus olhos se voltaram novamente à rua diante do carro. Ele estava observando o banco de trás pelo retrovisor. — O que você está fazendo?

— Eu acabei de ver o maior de todos os impostores — Tigrão explicou.

Ouvindo vozes, o taxista olhou para trás por sobre o ombro e perguntou:

— O que foi, meu bem?

— Oh, nada — Madeline engoliu em seco, tentando parecer uma simples garotinha fazendo uma viagem de táxi sozinha junto com quatro animais falantes. — Estava falando sozinha. — Inclinando-se, ela falou no ouvido do Tigrão: — Fique quieto!

Mas Tigrão não tinha facilidade para ficar quieto nem mesmo em situações normais. Vendo um impostor, então, era impossível. Mesmo antes de Madeline se sentar normalmente outra vez, ele já estava sobre sua cauda. Dessa vez, ele viu sua imagem no retrovisor da lateral do carro.

— E tem mais um! Olhe para ele. Seus olhos são muito próximos!

— Tigrão! — Madeline sussurrou o mais alto que ousava. Mas o animal nem se deu ao trabalho de fingir ter ouvido. Ele estava muito concentrado no "outro Tigrão" e em suas falhas.

– Olhe que listras tortas ele tem, e também essas orelhas esquisitas.

Tigrão estava cada vez mais agitado. Suas patas estavam diante de seu rosto e ele pulava do assento para o chão e do chão para o assento, tentando descobrir onde estaria o outro Tigrão. A cada salto, o táxi chacoalhava.

Virando-se para ver o que estava acontecendo – e como apenas uma garotinha podia fazer o táxi chacoalhar – o motorista viu Tigrão. Ele olhou de novo, para se certificar. Mas, então, Tigrão já estava abaixado. O taxista balançou a cabeça. Ele precisava diminuir a cafeína e dormir um pouco. Estava começando a ver coisas.

– Eu vou ensinar uma lição a esse falsário! – Tigrão disse, quando estava no piso do táxi.

Leitão engoliu em seco. Ele já tinha visto aquele olhar em seu amigo – e nada de bom poderia vir dele.

Foi então que Tigrão saltou contra a janela. Junto com o salto, ele soltou um rugido. Dessa vez, quando o taxista olhou para trás, ele não duvidou do que viu: realmente havia uma criatura listrada de laranja e preto pulando no banco do seu carro. Então, o motorista fez o que qualquer pessoa faria nessa situação. Ele gritou.

E girou a direção para o lado, caindo em uma rua congestionada.

Com outro grito, o motorista rapidamente virou o volante, evitando a colisão com outro táxi. No banco de trás, Madeline e os animais iam de um lado para o outro com os movimentos bruscos do táxi.

– Eu nunca mais vou sair do bosque! – Leitão gritou, tentando controlar seu estômago, que agora estava totalmente revirado, e, ao mesmo tempo, segurando-se à porta.

Tigrão, enquanto isso, continuava tentando lutar contra seu "impostor", e Pooh estava rolando de um lado para o outro. Quando o táxi fez uma curva particularmente acentuada, Pooh saiu voando e acabou indo parar na pequena janelinha da divisão do táxi.

– Olá – disse Pooh, tranquilo, quando o motorista o viu com o canto do olho.

Era isso. A última gota. O taxista não conseguia lidar com aquilo. Soltando outro grito, ele lançou as mãos ao ar. Sem nenhum controle, o volante girou para a esquerda e, antes que alguém pudesse fazer alguma coisa para impedir, o carro subiu na calçada e bateu em uma banca de jornal.

Quando o motor engasgou e o carro morreu, Madeline e os outros saíram do táxi. A garota arrumou a saia e se certificou de que estavam todos bem. Em seguida, um policial se aproximou da cena.

– Você precisa prender essa gangue! – o taxista gritou quando o policial lhe perguntou o que havia acontecido.

O policial olhou para Madeline. Ela estava parada, com uma expressão inocente em seu rosto, com quatro bichinhos de pelúcia nos braços. Ele olhou novamente para o taxista.

– Essa garotinha e seus bichinhos de pelúcia assustaram você, foi isso? – O policial não fez a menor questão de esconder que estava se divertindo com a situação.

– Tem alguma coisa de errado com eles – o taxista alegou, balançando a cabeça. – Eles... falam.

Enquanto o policial continuava fazendo perguntas ao motorista do táxi, Madeline, lentamente, começou a se afastar do acidente. Estava difícil manter Tigrão quieto e ela precisava sair dali. Mas como? Foi quando ela sentiu um leve puxão em sua manga. Olhando para baixo, viu Leitão apontando para algo.

– Madeline – ele sussurrou. – Olha! Não é ali que Christopher Robin está?

Olhando para onde Leitão apontava, os olhos da garotinha brilharam. Estacionado apenas meia quadra à frente, estava um caminhão. Na lateral, podia-se ler MALAS WINSLOW.

Ela viu alguns entregadores colocando peças inacabadas no caminhão e teve uma ideia. Mas ela precisava agir rápido!

– Policial! – ela chamou, atraindo a atenção do oficial. – Aquele ali é meu pai! – Ela deu meia-volta e apontou para o que lhe pareceu o primeiro homem responsável que viu.

– Está bem – disse o policial, acreditando em sua palavra. – Pode ir. Mas tome cuidado!

Madeline luziu seu mais inocente sorriso e disse:

– Pode deixar, policial!

Então, antes de ele poder mudar de ideia sobre liberá-la, Madeline desceu a rua, e entrou no caminhão momentos antes de os entregadores fecharem a porta.

Instantaneamente, Madeline e os animais ficaram na mais completa escuridão. Mas não importava. Se estivesse certa, o que geralmente era o caso, aquele caminhão iria levá-los diretamente ao edifício da Malas Winslow. E ao seu pai.

Madeline se ajeitou em um baú aberto. Ao seu lado, Pooh pegou um pequeno pote de mel e começou a comer.

– Esse caminhão deve nos levar diretamente para a empresa – a garota explicou enquanto o veículo se movia.

– É lá que estão as Dinonhas? – Pooh perguntou com a boca cheia de mel.

— Isso mesmo – Madeline concordou. Então, ela olhou por cima da borda do baú onde se ajeitara e viu que os outros estavam amontoados em um baú. – Como vocês estão aí dentro?

Como resposta, ela viu pernas, braços e focinhos se movendo. E, então, viu a cauda do Tigrão.

— É apertado – Leitão retrucou, tirando a cauda de Tigrão do caminho. Então, ele se ergueu o suficiente para poder ver Madeline e Pooh. – Mas estamos bem.

— Aguentem firme que chegaremos logo – Madeline avisou.

De acordo, Leitão se abaixou. Ele olhou para os outros. Eles estavam amassados contra a lateral do baú, com a pasta marrom entre eles.

— O que ela disse? – Tigrão perguntou a Leitão.

— Ela disse para manter seu rabo longe da minha cara – Leitão respondeu.

Ió inclinou a cabeça e apertou os olhos. Ao seu lado, Tigrão fez o mesmo.

— Isso não parece algo que Madeline fosse dizer – ele disse, curioso. – Vou perguntar para ela.

O tigre se movimentou, preparando-se para pegar impulso. Ou ao menos levantar-se.

Leitão encolheu as pernas e balançou a cabeça. Ele não queria que eles repetissem o que havia acontecido na desastrosa viagem de táxi. Seu estômago não aguentaria. Às vezes, ele apenas queria que Tigrão ficasse quieto.

– Precisamos ficar quietos, caso contrário seremos descobertos.

– Entendido – disse Tigrão, balançando a cabeça e fazendo uma cruz diante do coração. Então, ele saltou. – MADELINE! – gritou.

Leitão estremeceu.

Foi então que passaram por um buraco. O caminhão chacoalhou forte. Tigrão voou para trás e acabou no fundo do baú, prensado entre Leitão e Ió, e sua cauda balançando entre os dois. Quando o baú se fechou, bateu com um forte estrondo contra sua cauda.

– *ARRGGHHHH!* – Tigrão gritou.

Em seguida, Tigrão deu mais um grito quando Leitão e Ió tentaram tirar seu rabo da cara deles. Mas era inútil. O caminhão estava balançando muito. Não havia como se segurarem. Então, quando acharam que as coisas não podiam piorar, o caminhão passou por outro grande buraco e jogou o baú longe. Com mais um chacoalhão, a porta do caminhão se abriu e o baú caiu na rua. O baú soltava faíscas ao

TREZE

ser arrastado – junto com Tigrão, Leitão e Ió – como se fosse um trenó. Dentro do caminhão, que havia ficado aberto, Madeline achou ter ouvido alguma coisa.

– Você ouviu isso? – ela perguntou a Pooh.

O ursinho ergueu os olhos de seu pote de mel já vazio.

– Escuto minha barriga roncando, só isso – ele respondeu.

Madeline se encolheu. *Deve ter sido alguma coisa do lado de fora*, ela pensou. O que quer que fosse, não importava – desde que chegassem até seu pai a tempo de resgatá-lo daquela Dinonha. Ou melhor, do senhor Winslow.

CATORZE

Enquanto isso, dentro do Departamento de Eficiência da Malas Winslow, Christopher Robin estava desesperado com a cobrança de reduzir gastos.

Ele tinha chegado no *lobby* apenas alguns minutos antes, desarrumado e sentindo-se completamente despreparado. Ao correr para pegar o elevador, quando as portas já estavam se fechando, ele se viu sozinho com Giles Winslow. O homem trazia um saudável brilho em seu rosto, e carregava uma bolsa de golfe. Ao ver Christopher, ele se mexeu no lugar, desconfortável.

– Pronto para sua apresentação, Robin? – ele perguntou.

Christopher deu um tapinha em sua maleta.

– Está tudo aqui – ele disse, assentindo. Então, seus olhos focaram nos tacos. – Você estava jogando golfe?

– Eu? Como? Não! – Giles gaguejou. Ele apontou para a bolsa. – Isso... Isso é algo que estamos pensando. Bolsas de golfe. Estivemos testando neste fim de semana. – O elevador parou. As portas se abriram e Giles saiu rapidamente. – Bem, nos vemos na pista de dança. Estamos todos contando com você. – Antes que pudesse piscar os olhos, Christopher viu Giles desaparecer pelo hall e entrar em seu escritório.

Ao vê-lo se afastar, Christopher tentou ocultar a raiva que ele sentia fervendo dentro de si. *Bolsas de golfe? Sei.* Aquilo era uma grande mentira – e ambos sabiam disso. Apesar de querer entrar no escritório de Giles e lhe dizer tudo o que estava pensando, Christopher não tinha tempo para isso. Ele olhou para o relógio na parede e se deu conta de que não tinha mais tempo para nada, ponto! Ele precisava ir imediatamente para a sala de conferências. A reunião estava agendada para começar em menos de um minuto.

Correndo pelo corredor, Christopher abriu as portas da sala de conferências e pegou um dos poucos assentos ainda livres. Os outros estavam ocupados pelos membros do conselho, que estavam reunidos para ouvir como a companhia iria reduzir os custos operacionais em vinte por cento.

Um momento depois, as portas se abriram mais uma vez e Giles entrou. Ele olhou ao redor da mesa e, ao ver que a única cadeira livre estava ao lado de Christopher, visivelmente se encolheu. Aproximando-se, ele se sentou no mesmo momento em que seu pai entrou na sala e todos os demais se levantaram.

– Podem se sentar – disse o Winslow mais velho.

Quando todos já estavam uma vez sentados, Giles começou a falar.

– Certo, bem, todos sabemos por que estamos aqui. Ninguém quer ver a Malas Winslow afundar. – Era possível ouvir o burburinho de todos concordando. – Então, decisões difíceis precisam ser tomadas. Por isso, Robin e eu trabalhamos incansavelmente todo o fim de semana nisso. – Ele tossiu, constrangido, diante do olhar de Christopher. Então, prosseguiu: – Mas não quero *todo* o crédito. Vou deixar Christopher apresentar nossas propostas de solução.

Levantando-se, Christopher lentamente se dirigiu à frente da mesa. Ele pegou sua maleta, como se ela lhe pudesse oferecer algum conforto. Ao passar em frente às portas da sala de conferências, ele viu sua equipe reunida do lado de fora. Todos apresentavam expressões idênticas de ansiedade – e de medo. Ele acenou para eles, desejando, silenciosamente, tranquilizá-los. E, então, ele se virou para a sala.

– Certo – ele começou. – A boa notícia é que eu descobri alguns cortes que podem ser feitos. Existe uma chance de salvarmos a companhia. – Os membros do conselho balançaram a cabeça em sinal de aprovação. – Mas não será fácil. Precisamos cortar despesas gerais, encontrar fornecedores mais baratos e muitos sacrifícios precisarão ser feitos em termos de nossa força de trabalho.

Do lado de fora da sala de conferências, Macmillan, Hastings e os outros trocavam olhares nervosos. "Sacrifícios da força de trabalho" *não* soava muito promissor. Apesar de saberem que Christopher estava do seu lado, eram especialistas em eficiência. Eles também sabiam que ele precisaria fazer o que fosse necessário. Virando-se novamente para a sala de conferências, eles continuaram a escutar.

– Tudo bem que tenhamos sacrifícios – Giles desdenhou. – Apenas nos mostre as propostas.

Christopher ficou em silêncio. Não estava *nada bem* ter que fazer sacrifícios. Mas ele não tinha outra escolha. Giles era o chefe.

– Está tudo anotado aqui em meus papéis – ele disse, levantando a maleta e colocando-a sobre a grande mesa de reuniões. – Está tudo muito detalhado, então, tenham paciência... – Sua voz desafinou quando ele abriu a maleta e encontrou... *nada!*

Sua pasta não estava ali.

Em seu lugar, uma coleção de objetos do Bosque dos Cem Acres: gravetos de Pooh, bolotas, um pote de mel. Christopher começou a revirá-los freneticamente, procurando seus papéis. Ele também encontrou um cata-vento e

CATORZE

a cauda de Ió. Sentiu sua boca se abrir, sua garganta ficar seca. Parou de mexer e apenas passou a olhar para dentro da maleta.

Do lado de fora da sala de conferências, a equipe de Christopher o viu ficar pálido.

– Ele travou – observou Butterworth.

– Está paralisado de medo – acrescentou Leadbetter.

– Estamos todos perdidos! – Gallsworthy, sempre pronto para ver o lado negativo, resmungou, apoiando a cabeça nas mãos, incapaz de ver o que aconteceria a seguir.

De volta à sala de conferências, as coisas não iam nada bem. Giles encarava Christopher de braços cruzados e olhos apertados. Os membros do conselho também o encaravam – de braços cruzados e olhos apertados. E pior, o Winslow pai encarava Christopher de braços cruzados e olhos apertados.

– Robin – o senhor Winslow disse, finalmente. – Se você não resolver esse problema, não teremos opção senão fechar. O que você propõe?

Christopher olhou para ele, sem saber o que dizer. Ele não podia apresentar – nem para ele e nem para ninguém que estivesse ali – aquela coleção de objetos. E ele não conseguia pensar em nada. Não conseguia se lembrar de um único número que havia escrito. Não conseguia se lembrar de uma das possíveis soluções que havia anotado. Ele só via bolotas.

– Eu... hã...

O relógio da parede marcava os segundos, um a um. Cada segundo parecendo uma hora. E no momento em que Christopher achou que fosse ter um treco, sua assistente entrou correndo na sala de conferências. Ela cochichou algo em seu ouvido e apontou para a porta. Ali estava Evelyn, seu rosto tão pálido quanto o de Christopher.

– Senhores – Christopher disse, olhando para todos, novamente. – Preciso me ausentar por um momento. Sinto muito.

– O que está acontecendo aqui? – Giles vociferou, levantando-se, irritado. – Se você sair por essa porta, não precisa voltar!

Christopher nem se preocupou em responder. Em vez disso, saiu rapidamente para descobrir o que estava acontecendo. Afinal, se Evelyn estava ali, e não no campo, não poderia ser um bom sinal.

***

Christopher estava certo, não era um bom sinal.

Evelyn rapidamente o colocou a par de tudo. De alguma maneira, depois de ele ter saído da casa de campo, Madeline havia desaparecido. Evelyn conseguiu refazer seu percurso até a estação de trem e, depois de falar com o vendedor de passagens, descobriu que ela tinha comprado uma para Londres. Infelizmente, Evelyn contou para o marido, ela não conseguiu pegar o mesmo trem que Madeline e voltou correndo para pegar o carro e retornar para a cidade.

– Onde ela está? – Christopher perguntou, olhando para as calçadas a partir da janela do carro, que percorria Londres com pressa.

– Eu não sei – respondeu Evelyn, muito aflita. – Em algum lugar entre aqui e a estação de trem. Ela está completamente sozinha. – Sua voz desafinou graças ao sentimento de culpa.

Era tudo sua culpa. Se ela não tivesse tão determinada a estar brava com Christopher, teria notado que Madeline havia saído. Evelyn colocou a mão no bolso e pegou o bilhete que Madeline havia deixado e o entregou ao marido.

Em uma passada de olho rápida, Christopher viu a palavra *expotição*. Sua expressão ficou séria.

– Ela não está sozinha – ele assegurou.

– E com quem ela está? – Evelyn perguntou, desviando o olhar da rua tempo o suficiente para observar seu marido com curiosidade.

Evelyn estava em pânico desde que havia encontrado o bilhete de Madeline. Christopher, por sua vez, parecia estranhamente calmo. Verdade que ele tinha ficado um pouco pálido diante de seu olhar e que se movia, inquietamente, no assento. Evelyn conhecia aquele olhar e aquela maneira de se movimentar. Ela já havia visto ambos muitas vezes durante os anos do seu casamento. Christopher tinha algo para lhe dizer, só não sabia como. Evelyn ergueu a sobrancelha e esperou ele começar a falar. Porque ela sabia que era isso que aconteceria na sequência.

E, como esperado, Christopher começou a falar.

A princípio, Evelyn desejou que ele não tivesse dito nada. Porque parecia que seu marido havia ficado louco. De acordo com o que lhe contara, parecia que o ursinho de pelúcia da infância de Christopher, o Ursinho Pooh, o havia encontrado em Londres e o levado de volta – através de uma porta verde, em uma árvore – a um lugar chamado Bosque dos Cem Acres, para ajudá-lo a encontrar seus outros amigos de infância. Mas enquanto Christopher seguia contando sua história, uma coisa aconteceu. Foi como se uma luz em seu interior que andava apagada tivesse se acendido novamente. Os olhos do marido brilhavam, sua voz estava leve.

CATORZE

E quando Christopher começou a lhe contar sobre seus outros amigos, que, se ela fosse acreditar, eram um leitão, uma coruja, um coelho, uma canguru (e seu filhote) e um "Tigrão" – todos falantes –, a boca de seu marido, que Evelyn estava convencida estar fixa em uma expressão de tristeza, esboçou um sorriso. E ela, para sua própria surpresa, começou a acompanhar a história.

– E o que é um Tigrão? – ela se ouviu perguntar quando Christopher mencionou uma criatura da qual ela nunca tinha ouvido falar.

– Tigrões? – Christopher repetiu, cada vez mais animado. Ele não se havia dado conta de como queria contar tudo para Evelyn até ter começado a falar. Agora ele não queria mais parar. Mas, infelizmente, não percebeu que ela ainda tinha em seu rosto a expressão de quem não está acreditando no que está escutando. E ele prosseguiu: – Bom, eles são criaturas maravilhosas. A parte de cima é de borracha, e eles têm molas embaixo. Em cima ele é de borracha e, embaixo, tem molas.

Depois de concluir a descrição de seu amigo, Christopher seguiu com sua história:

– Enfim, eu fingi que havia um Efalante. Mas não existem Efalantes de verdade.

Evelyn voltou à realidade. Ela estava deixando Christopher contar aquela história toda porque era bom que ele compartilhasse aquilo com ela – e ela adorava vê-lo sorrir. Mas "Efalante"? E um animal feito de borracha? Ela precisava colocar um fim naquilo antes que fosse tarde demais.

– Você está se ouvindo? – Evelyn perguntou, interrompendo o marido. – Você precisa deixar esse emprego.

– Acho que estou prestes a tomar essa decisão – Christopher se deu conta, encolhendo os ombros. Então, com o canto dos olhos, viu alguma coisa preta e laranja desaparecendo na esquina à frente. Só podia ser o Tigrão! – Eles estão ali! Esquerda, esquerda!

Apesar de Evelyn não ter muita certeza se deveria escutar o marido, ela virou à esquerda. Alguns carros à sua frente, ela viu um caminhão da Malas Winslow. Ela apertou os olhos. Ele estava arrastando alguma coisa, mas ela não conseguia definir o que era.

– Estou dizendo, é o Tigrão! – Christopher insistiu, apontando para o caminhão. – Ele deve estar com os outros.

– Querido – ela disse, muito seriamente, tentando parecer calma, apesar de estar convencida de que precisaria internar o marido depois de encontrarem Madeline. – Essas criaturas não são reais. Escute, vou ligar para o doutor

CATORZE

Cunningham na segunda. Eu acho que com um pouco de descanso e...

TUMP!

O carro chacoalhou quando alguma coisa bateu no para-brisas.

TUMP! TUMP!

Evelyn virou a cabeça de volta para o para-brisa. Então, ficou de queixo caído. Ali, contra o para-brisas do seu carro, estavam um burro, um porquinho e algo que só podia ser o Tigrão!

– Olá, Christopher Robin! – Tigrão saudou, sorrindo para seu amigo.

Do outro lado do carro, o baú, agora vazio, do qual Tigrão havia conseguido libertá-los pouco antes de se soltar do caminhão, saltou alguns metros antes de se chocar contra o meio-fio. Tigrão começou a contar para Christopher o que tinha feito, mas Leitão o interrompeu.

– Você deve ser a esposa de Christopher Robin – ele disse para Evelyn. – Como vai?

Evelyn abriu e fechou a boca como se fosse um peixe fora d'água, buscando ar. Então, olhou para Christopher. Ele não havia inventado aquela história. Não estava ficando louco. De alguma maneira, aqueles animais eram reais. Eles eram reais *e* eram a única pista que ela tinha para encontrar sua filha. Parando o carro, ela fez Christopher rapidamente colocá-los para dentro.

– Onde está Madeline? – Christopher perguntou quando os três se ajeitaram no banco de trás.

– Em um baú, dentro do caminhão que leva pra onde estão as Dinonhas – Leitão respondeu.

Christopher e Evelyn se entreolharam. Então, Evelyn pisou fundo e acelerou com tudo. Virando o volante, ela colocou o carro outra vez em movimento, a caminho do edifício da Malas Winslow, exatamente para onde imaginavam que o tal caminhão que buscavam estaria se dirigindo.

QUINZE

Madeline olhou para o grande edifício à sua frente. Ela e Pooh tinham conseguido! O caminhão tinha ido direto para lá, exatamente como Madeline esperava, e ela e o ursinho tinham conseguido sair sem que ninguém os visse. Ela precisava entrar e encontrar seu pai. Mas quando olhou para o grande relógio no alto do edifício, franziu o cenho. Já passava das onze horas. E eles estavam sem os papéis de seu pai.

– Oh, olhe! – Pooh gritou. Madeline virou a cabeça a tempo de ver o ursinho pegar alguns papéis sobre uma pilha de lixo que estava na esquina. – São os Papéis Importantes.

Sem saber como eles haviam ido parar ali, mas também sem se preocupar com isso, Madeline os apanhou e abriu um sorriso. Atrasados ou não, precisavam entregar aqueles papéis para o seu pai. Com agilidade, Madeline pegou Pooh com sua mão livre e foi em direção à entrada do edifício.

– Nós conseguimos, Pooh! – ela comemorou, sorrindo para o ursinho.

– Nós salvamos Christopher Robin! – Pooh retribuiu o sorriso.

Mas enquanto as palavras saíam de sua boca, uma rajada de vento varreu a rua. Madeline deu um grito e perdeu o equilíbrio. Jogando as mãos para o alto, ela soltou Pooh e os Papéis Importantes, que saíram voando.

No mesmo momento, as folhas foram levadas pelo vento para longe.

– Não! – a garota gritou, tentando agarrar uma das folhas, sem conseguir.

Ela tentou pegar outra, mas outra vez não conseguiu. Madeline tentava recuperar os papéis, mas não conseguia. Quando o vento parou, tudo o que ela tinha era metade de uma folha rasgada.

Madeline se abaixou, seus olhos cheios de lágrimas. Acima, no céu, as folhas voavam, afastando-se cada vez mais dela.

– Não, não, não, não – Madeline lamentou.

Ela havia falhado. E agora teria que ir para o colégio interno.

– Christopher Robin!

O animado grito de Pooh fez Madeline olhar para cima.

Para sua surpresa, ela viu seu pai correndo em sua direção.

— Papai! — ela disse, levantando-se.

— Graças a Deus encontramos você — ele celebrou, abraçando-a com força.

Atrás de seu pai estava sua mãe, ajudando os outros a saírem do carro. Evelyn esperou um pouco, deixando que pai e filha tivessem o seu momento.

— Estou tão feliz que a Dinonha não comeu você — Pooh disse, quando Christopher finalmente deixou de abraçar a filha.

— Eu também — Christopher respondeu, sorrindo.

Ele se virou novamente para a filha e, antes que pudesse dizer alguma coisa, a menina começou a chorar.

— Perdi os seus papéis — ela confessou. — Sinto muito.

Abaixando-se, Christopher gentilmente colocou as mãos sobre os ombros da filha.

— Oh, Madeline — ele confortou, com a voz doce e cheia de amor. — Isso não tem importância.

— Mas o seu trabalho é muito importante — Madeline insistiu. — Eu achei que se conseguisse lhe trazer os papéis, você não ia querer me mandar embora e ficaríamos todos juntos. Olha, eu consegui salvar um pedacinho. — Ela lhe entregou um pedaço rasgado de uma folha de papel.

Por um momento, Christopher ficou sem palavras. A resposta de sua filha lhe havia partido o coração. Enxugando uma lágrima, ele abraçou Madeline mais uma vez. Então, olhou bem em seus olhos e disse:

– Obrigada por tentar, minha querida. E eu sinto muito. Sinto muito por ter sido um pai não muito esperto. – Christopher fez uma pausa para que as próximas palavras fossem assimiladas, desejando que, um dia, muito tempo antes, seu pai tivesse feito a mesma coisa. – É claro que você não precisa ir para o colégio interno.

Madeline jogou os braços em volta de seu pai. Seu sorriso ia de orelha a orelha enquanto Christopher lhe retribuía o abraço. Era o maior, mais amoroso e melhor abraço de toda a vida da garota.

– Eu posso ler uma história para você dormir todas as noites – Christopher cochichou em seu ouvido.

– Eu vou gostar disso – Madeline cochichou de volta.

– Você nos deixou muito preocupados. – Christopher e Madeline se soltaram do abraço ao ouvir a voz de Evelyn.

Ao se virarem, a viram a poucos centímetros, com um sorriso choroso no rosto. Ela se aproximou e abraçou ambos. A família ficou ali, unida, enquanto os moradores do Bosque dos Cem Acres os observavam, felizes.

– Bem, mais uma expotição desastrosa – disse Ió. Apesar de sua voz ser fria, seus olhos estavam cheios de calor. Até mesmo ele, o mais ranzinza dos ranzinzas, havia sido tocado pela cena que tinham diante de si.

Ao escutá-lo, Evelyn soltou-se do abraço. Ela não conseguia lembrar qual havia sido a última vez que Christopher abraçara ela ou a filha com tamanha força e intensidade. Evelyn ainda não sabia como tudo aquilo era possível, mas se aqueles animais o haviam ajudado a encontrar sua humanidade, ela lhes devia... e muito.

– Oh, não sei, Ió – ela disse, por fim, sorrindo para o burrinho. – Tudo depende de como se olha para as coisas.

Tudo depende de como se olha para as coisas. As palavras de Evelyn ecoaram na cabeça de Christopher. Seu cérebro se agitava diante de uma nova ideia que se formava. Ele tinha estudado aqueles números por muito tempo, com apenas um objetivo em mente: cortar custos. *E se olhasse para os números de outra maneira?*, ele pensou, uma ideia se formando. Ao ver o pedaço rasgado de papel em suas mãos, Christopher sorriu.

Ele – ou melhor, Evelyn – havia acabado de salvar seu emprego. E, possivelmente, a companhia. Dando um beijo de surpresa no rosto de sua esposa, ele se virou e saiu correndo pelo saguão. Atrás dele, Evelyn e Madeline pegaram os animais e o seguiram.

* * *

Poucos minutos depois, Christopher invadiu a sala de conferências. Sua família ficou do lado de fora. Em seus braços, os animais brincavam de "hora da soneca", mas eles não fingiram dormir muito bem: estavam muito mais interessados em ver a Dinonha.

– Parem! – Christopher gritou, encarando o senhor Winslow, seu filho, Giles, e todos os membros do conselho. – Eu tenho a resposta!

O senhor Winslow ergueu uma de suas sobrancelhas grisalhas. Ele havia passado boa parte da última hora escutando seu filho mentir descaradamente sobre trabalhar, sendo que ele sabia que Giles havia passado o fim de semana jogando golfe. Outra parte da última hora ele havia passado tentando explicar aos membros do conselho por que não deveriam demitir Christopher imediatamente, apesar de seu comportamento impulsivo. E quando conseguiu convencê-los, Christopher aparece novamente, com uma expressão desvairada em seu olhar.

– Espero que tenha valido a espera – observou Winslow enquanto Christopher recuperava o fôlego.

– Ah, com certeza vai valer – Christopher respondeu, assentindo enfaticamente. – Mas a resposta para todos os problemas é... – Ele fez uma pausa e o suspense se instalou. – Nada.

– Nada? – o senhor Winslow repetiu.

– Nada vem de graça, Robin – Giles disse, sem esconder o sorriso malicioso em seu rosto.

Christopher prosseguiu:

– É aí que você se engana – ele disse. – Fazer Nada muitas vezes leva às melhores Algumas Coisas. – Ao dizer tais palavras, ele olhou para a porta, onde Evelyn trazia Pooh em seus braços. Ele sorriu para o ursinho, que retribuiu o sorriso, orgulhoso. Aproximando-se do projetor, Christopher colocou o pedaço rasgado de papel sobre ele. – O que acontece quando as pessoas têm tempo livre fora do trabalho? Sem nada para fazer? – ele perguntou a todos.

Em resposta, ele recebeu o silêncio. Os membros do conselho olhavam para ele, confusos.

– As pessoas vão viajar – Christopher concluiu, respondendo sua própria pergunta. – E do que as pessoas precisam quando vão viajar?

Mais uma vez, ele encontrou o silêncio.

– Malas – ele respondeu, novamente, sua própria pergunta. Então, virou-se para seu chefe e prosseguiu: – Senhor Winslow, o senhor emprega milhares de pessoas em suas companhias. Se lhes oferecesse folgas remuneradas...

– Folgas *remuneradas?* – o senhor Winslow repetiu suas palavras.

Seu chefe começou a pensar que talvez Giles estivesse certo a respeito da condição mental de Christopher – ou da falta dela. O conselho também. A sala foi tomada por risadas de quem não acreditava no que estava ouvindo.

Christopher não se deixou abalar. Ele ligou o projetor e um gráfico com os clientes mais ricos da empresa apareceu na parede. Ele queria indicar alguns dados, mas se deu conta de que não tinha o material. Ao buscar sobre a mesa, seus olhos recaíram sobre sua maleta aberta. Ele pegou um graveto de Pooh e continuou:

– No momento, apenas vendemos para os mais ricos e para mais ninguém. Mas vejam... – Ele apontou para o gráfico com o graveto de Pooh. – Se *mais de nós* pudermos viajar, isso significaria centenas de milhares de pessoas comuns indo para o campo, para os lagos, para a praia... Com suas malas da Malas Winslow. E se baixarmos o preço, *todos* poderão comprá-las.

Ao terminar, Christopher aguardou. Mas não precisou esperar muito.

– *Ótimo* – Giles disse, com sarcasmo. – Nossas adoradas praias cheias de gente com seus gramofones e suas garrafas de cidra. – Ele se contorceu como se o pensamento em si fosse revoltante.

Seu pai, por outro lado, não foi tão rápido em apresentar sua opinião.

– Um momento, Giles. – Ele ergueu a mão, interrompendo o filho.

– Oh, pai, por favor! – Giles retrucou. – Essa é uma ideia obviamente ridícula!

– Bem, é claro que você iria dizer isso, não é mesmo, Giles? – Christopher disse, colocando-se entre pai e filho.

O rosto de Giles ficou vermelho e ele violentamente se afastou da mesa, ficando de pé.

– E isso por quê? – ele perguntou.

Christopher ignorou o olhar ameaçador de Giles. Em vez disso, ele deu de ombros e, como se fosse a resposta mais óbvia do mundo, disse:

– Porque você é uma Dinonha!

No corredor, Pooh se mexeu, esquecendo-se de que era hora da soneca.

– Então isso é uma Dinonha – ele disse, feliz por, enfim, ter visto uma, que era exatamente tão assustadora quanto ele imaginava, inclusive com os olhos minúsculos e mauzinhos.

– E que diabos vem a ser uma Dinonha? – Giles perguntou.

– Uma Dinonha – Christopher explicou – é um monstro horrível que quer que todos trabalhem para ele e se esqueçam do que é importante em suas vidas: famílias, bons amigos, as pessoas que amamos, as pessoas que nos amam. – Enquanto ele falava, aproximou-se da porta, acenando para Evelyn, Madeline e sua equipe, que havia se reunido para ver o que estava acontecendo, indicando que entrassem na sala de conferências. Ele então abraçou Evelyn com um braço e, com o outro, Madeline. – Bem, estou aqui para dizer que já não temos mais medos de Efalantes e Dinonhas!

Giles olhava de um lado para o outro, para Christopher, para seu pai, para todos que os assistiam.

– Meu Deus, ele enlouqueceu de vez! – ele disse.

– Enlouqueceu mesmo?

A resposta do senhor Winslow surpreendeu não apenas seu filho, mas também Christopher. Os dois se viraram e encararam o dono da empresa com curiosidade.

– Vamos falar com o Efalante da sala? – o senhor Winslow prosseguiu, encarando seu filho diretamente. – O que você fez durante o fim de semana, Giles?

Giles se movia nervosamente. Ele engoliu em seco e afrouxou a gravata.

– Eu? – ele perguntou, tentando parecer inocente. – Eu disse, eu... eu fiquei trabalhando.

Uma gota de suor começou a brotar no rosto de Giles, que colocou a mão no bolso em busca de seu lenço. No entanto, ele acabou tirando uma bola de golfe.

O senhor Winslow fechou a cara.

– Trabalhando em quê? Nas suas tacadas? – ele questionou, demonstrando sua decepção. – Eu nunca ouvi falar de uma Dinonha antes, filho, mas pelo que ele disse... você é uma.

– Eu? Uma Dinonha? Mas... – Giles gaguejou.

– Sente-se, Giles! – o senhor Winslow ordenou, virando-se para Christopher, que continuava ao lado da porta. – Parabéns, Robin. Quero começar a colocar isso em prática imediatamente.

Todos comemoraram, e até mesmo os membros do conselho, que assistiram a tudo com uma mistura de confusão e fascínio, começaram a aplaudir.

Sorrindo de orelha a orelha, Christopher deu a mão ao senhor Winslow e o agradeceu sinceramente.

Então, ele olhou para trás, para Evelyn e Madeline.

– Mas eu vou fazer Nada por um tempo agora mesmo.

O senhor Winslow concordou:

– Porque quando você faz Nada, costuma conseguir as melhores Algumas Coisas – ele disse, repetindo as palavras de Christopher. – Eu disse certo?

– Quase, senhor – Christopher disse. – Quase mesmo.

Ele se virou, deu a mão para sua família e saiu da sala. Atrás de si, escutou Giles soltar um grito:

– Aquele urso estava olhando para mim!

– Um urso olhando para você? – o senhor Winslow questionou. – Você realmente enlouqueceu.

Olhando para Pooh, que estava sobre o ombro de Madeline, Christopher viu que o ursinho estava brincando de "hora da soneca". Mas ao sentir que estava sendo observado, Pooh levantou a cabeça discretamente e sorriu. Christopher retribuiu o sorriso.

– Ursinho bobo – ele murmurou.

Mas Christopher apenas o estava provocando. Pooh não era bobo. Não era bobo mesmo. Ele era o melhor ursinho de todo o mundo. E Christopher mal podia esperar para levá-lo de volta ao Bosque dos Cem Acres e praticar um pouco de fazer Nada. Afinal, ele já havia gastado tempo demais fazendo muito de Tudo.

EPÍLOGO

"ÀS VEZES, AS MENORES COISAS SÃO AS QUE OCUPAM MAIS ESPAÇO EM SEU CORAÇÃO."
— URSINHO POOH

— Nossa, como é bom estar em casa.

Ao cruzar a porta verde e encontrar o sol brilhando no Bosque dos Cem Acres, Christopher tinha que concordar com Leitão. Ele respirou fundo, inspirando o ar que agora tinha um cheiro doce e apertando os olhos sob um sol que, de alguma maneira, parecia mais quente. Atrás de si, ele ouviu a porta se abrindo e se virou a tempo de ver Evelyn e Madeline aparecerem.

Ao se esticarem e começarem a passear pelo Bosque do Cem Acres pela primeira vez, Christopher apenas as observou. O sorriso em seu rosto cresceu quando

Madeline soltou um gritinho de alegria e começou a correr atrás de Pooh, Leitão, Tigrão e Ió. Seus olhos brilhavam e ela tinha uma postura leve. Enfim, ela estava aproveitando sua infância. Aproximando-se, ele apertou a mão de Evelyn. Então, eles também foram atrás de todos.

Enquanto passeavam, Christopher indicava os locais no bosque. Ao passarem pela Ponte de Gravetos do Pooh, ele contou a Evelyn e a Madeline sobre a brincadeira que fazia ali com seu amigo. Quando passaram pela casa de Corujão – que já estava novamente em segurança, sobre a árvore –, Christopher lhes contou tudo sobre a disputa com o Efalante. A cada aventura de que ele se lembrava, Christopher sentia os anos indo embora. Diante dos olhos de sua esposa e de sua filha, ele estava desfrutando o Bosque dos Cem Acres como fazia quando era criança. Por fim, chegaram ao local de piqueniques, onde eram realizados todos os eventos importantes. Coelho, Corujão, Can e Guru os aguardavam ali. Sobre a mesa, uma faixa dizia: BENVINDOS, FAMILHA ROBIN. Vendo o erro, Evelyn virou-se para Christopher e ergueu a sobrancelha, divertindo-se.

– *Expotição* – ela disse quase sem som, pouco antes de ser engolida pelo abraço de Can.

EPÍLOGO

Observando tudo e ouvindo as boas-vindas, Ió se aproximou lentamente.

– Oh, o dia mais feliz do ano – ele disse, triste. – Meu aniversário.

– É hoje? – Guru perguntou.

Ao mesmo tempo, Leitão também questionou:

– É seu aniversário?

– Nenhum presente e ninguém se dando conta da minha existência – Ió respondeu. – Tudo voltou ao normal.

Ao ouvir as palavras de seu velho amigo, Christopher teve que segurar o riso. Tudo havia voltado ao normal, enfim. E isso era maravilhoso. Então, ele inclinou a cabeça. Bem, não *tudo*. Procurando em seu bolso, ele pegou o rabo de Ió. Foi até o burro e o fixou em seu amigo rabugento.

– *Agora, sim*, tudo voltou ao normal – ele disse.

Todos riram e começaram a comer enquanto Christopher passava os olhos pela clareira. Pooh estava perdendo a diversão. Ele, então, disse no ouvido de sua esposa que voltaria logo e saiu da festa – mas não sem antes pegar um pote de mel.

Christopher se afastou da área do piquenique, ouvindo as doces e alegres risadas de Madeline, seguidas por risadas de Evelyn. Ele se perguntou por que havia passado tanto tempo tentando manter aquele lugar escondido delas – e dele mesmo. Com todas as coisas ruins que havia visto, com todos os problemas com que tinha que lidar, o Bosque dos Cem Acres e seus amigos eram como uma cura mágica. Ele nunca deveria ter partido. E ao ir ao encontro de Pooh, ele desejou silenciosamente *nunca mais* manter sua filha longe daquele lugar. Ele queria que ela pudesse aproveitar sua vida e a inocência que o bosque oferecia o máximo possível. Era o mínimo que ele podia fazer.

Mas, primeiro, Christopher precisava encontrar Pooh. E ele tinha um bom palpite de onde seu amigo estaria.

Caminhando pelo bosque, Christopher subiu a pequena colina que levava ao Lugar Encantado. Como ele imaginava, Pooh já estava ali, sentado sobre o tronco cortado. Aproximando-se, Christopher sentou-se e entregou o pote de mel ao seu amigo.

Feliz com o lanche (afinal, Pooh estava com fome – outra vez), o ursinho começou a comer imediatamente. Por um momento, eles ficaram ali, sentados, felizes por fazerem absolutamente Nada. Depois de um tempo, Pooh ergueu os olhos do seu pote de mel. Seu nariz estava coberto do doce pegajoso e sua pata pingava mel.

– Christopher Robin – ele perguntou –, que dia é hoje?

Christopher sorriu para o ursinho. Ele conhecia seu

lema. Eles já tinham tido essa mesma conversa milhares de vezes antes. Ainda assim, ele respondeu, contente:

— É hoje.

— Meu dia favorito — disse o ursinho.

— O meu também, Pooh — Christopher concordou. — O meu também.

Pooh pareceu pensativo por um momento.

— Ontem, quando era Amanhã, também foi um grande dia para mim — ele disse, surpreendendo Christopher.

Aquilo *não* era parte da conversa que eles sempre tinham.

Mas Christopher tinha que concordar. Ontem tinha sido um grande dia. E ele não mudaria nada. Afinal, sem ontem, hoje não estaria acontecendo. E sem ontem — ou qualquer um dos outros dias anteriores, na verdade —, Christopher não seria capaz de compreender como aquele momento era especial e como ele tinha sorte.

— Seu ursinho bobo — Christopher disse, por fim, colocando o braço sobre o ombro macio de seu amigo peludo.

Então, ele se virou e olhou para o sol que, mais uma vez, começava a sumir no horizonte do Bosque dos Cem Acres. Ao seu lado, o ursinho Pooh fez o mesmo.

E assim eles ficaram vendo o sol baixar cada vez mais. Dois amigos, alegremente fazendo... Nada.

TIPOGRAFIA: MINION PRO E CHAUNCY PRO
PAPEL DE MIOLO: HOLMEN BOOK 55 g/m²
PAPEL DE CAPA: CARTÃO 250 g/m²
IMPRESSÃO: RR DONNELLEY